W0351280

1

Het is zaterdagochtend. Isa staat voor de spiegel en kijkt naar haar slaperige gezicht. Haar oogleden zijn een beetje opgezwollen en op haar wang is nog de afdruk van haar knuffel te zien. Isa slaapt al jaren zonder kussen. In plaats van een kussen heeft ze Gerrit, een groot pluizig speelgoedkonijn. Eigenlijk is ze te oud om nog met een knuffel te slapen, vindt ze, maar ze kan het ook niet over haar hart verkrijgen om hem weg te doen. Daarom staat nu de afdruk van Gerrit op haar linkerwang.

Isa draait de kraan open en gooit met twee handen een grote plens koud water in haar gezicht. Het ijskoude water loopt in een straaltje langs haar hals, haar T-shirt in. 'Gatver,' roept Isa, harder dan de bedoeling was.

'Niet zo schreeuwen,' zegt haar moeder vanaf de gang, 'je broertje slaapt nog.'

'Sor-ry,' zegt Isa. Ze heeft ontdekt dat het beter is om heel nadrukkelijk sor-ry te zeggen dan gewoon sorry. Het klinkt meer alsof je het meent, ook als je het niet meent. Ouders worden opeens poeslief als je ze recht aankijkt en sor-ry zegt, elke keer als je op je kop krijgt. Het is een trucje dat Isa van haar beste vriendin Cato heeft geleerd en het werkt altijd.

Vandaag gaat Isa naar Cato toe. Die is de hele dag alleen thuis omdat haar ouders naar een paranormale beurs zijn. Isa heeft nog nooit eerder van een paranormale beurs gehoord. Volgens Cato heeft het iets te maken met dingen zien die andere mensen niet kunnen zien; bijvoorbeeld wanneer een moordenaar een lijk heeft verstopt en niemand het kan vinden, dan voelt een paranormaal iemand waar dat lijk verborgen is. Isa vindt het maar gekkigheid en Cato gelukkig ook. Cato's ouders zijn een beetje spiriwiri, maar ze zijn ook wel cool. Cato's vader is muzikant. Hij speelt gitaar in een band die vroeger heel bekend was, maar nu niet meer. In zijn werkkamer, die hij zelf zijn studio noemt, hangen foto's van vroeger waarop hij op het podium staat met heel lang haar en een spijkerjasje zonder mouwen. Er hangen ook gouden platen aan de muur uit de tijd dat cd's nog langspeelplaten waren. Nu maakt hij alleen nog muziek voor televisiereclames en met zijn band treedt hij alleen nog op bij bruiloften. Heel soms is hij nog wel eens op televisie, meestal als het over muziek van vroeger gaat.

Cato's moeder is ook cool, vindt Isa. Ze heeft heel lang haar, helemaal tot op haar billen, en ze draagt altijd superhippe kleren. Ze werkt voor de televisie als visagiste. Alle bekende mensen die je op tv ziet zijn wel eens door haar opgemaakt. Ze heeft zelfs meegewerkt aan een heel beroemde bioscoopfilm. In haar slaapkamer staat een grote zwarte koffer op wieltjes die propvol make-up zit. Ze heeft wel honderd verschillende kleuren lippenstift en oogschaduw in nog veel meer kleuren. Verder zit die kist vol met poeders en kwastjes en tubetjes. Heel soms, als Cato haar moeder heel lief aankijkt, mag ze de make-up uitproberen. En één keer, toen Cato jarig was, heeft haar moeder alle vriendinnen van Cato professioneel opgemaakt. Op de foto die toen is gemaakt, lijken ze wel fotomodellen.

Sinds een tijdje gelooft Cato's moeder in hocus pocus. Dat is begonnen toen de kat was weggelopen en ze een helderziende had ingeschakeld om de kat terug te vinden. De helderziende was naar haar huis gekomen en had 'gezien' dat de kat niet ver weg was en dat hij zeker zou terugkomen. De volgende dag was de kat inderdaad zomaar teruggekomen. Cato's moeder had honderd euro aan de helderziende betaald en was zo blij, dat ze de kat – die eerst Gekke Pietje heette – naar de helderziende had vernoemd. Nu heette Gekke Pietje opeens Sandokan. Volgens de helderziende mag de kat nooit meer alleen thuisblijven. En omdat Cato's moeder alles gelooft wat de helderziende zegt, gaat Isa vandaag naar Cato om samen met haar op de kat te passen.

Gelukkig heeft Cato haar moeder kunnen overhalen om haar de make-upkist uit te lenen. Ze moeten er heel voorzichtig mee zijn en alles weer op z'n plek terugleggen, maar verder mogen ze alles uitproberen. Hun vriendin Sofie komt ook langs. Ze hebben besloten om er een beautydag van te maken. Isa vindt het dan ook helemaal niet erg dat haar gezicht er zo onuitgeslapen uitziet. Straks krijgt ze een *total make-over*.

Net wanneer Isa naar de woonkamer wil gaan, hoort ze beneden haar mobiel afgaan. Met twee treden tegelijk rent ze de trap af. 'Hé, Izzy,' hoort Isa zodra ze heeft opgenomen. Het is Tristan, haar vriendje. 'Heb je wat te doen vandaag?' vraagt hij.

'Ja, sorry,' zegt Isa. 'Ik heb vandaag met Cato en Sofie afgesproken. We moeten op de kat van Cato passen. Haar ouders zijn naar een of andere spiriwiri-bijeenkomst.'

'Ik moet je spreken,' zegt Tristan. Zijn stem klinkt ernstig, vindt Isa.

'Kun je het niet door de telefoon zeggen?' vraagt ze.

'Nee, maar het komt nog wel een keer. Doei.' Hij heeft haar al weggedrukt nog voor Isa iets terug heeft kunnen zeggen.

Na het ontbijt opent Isa haar MSN. Ze ziet dat Tristan online is. 'Hellow,' typt ze.

Even later is hij nog steeds online, maar hij antwoordt niet.

'Hallllllllllooooooooooooooooo.......??????' schrijft Isa, verbaasd omdat hij niet meteen terugschrijft.

Even gebeurt er niks, dan ziet ze dat hij offline is. Dat heeft hij nog nooit gedaan. Meestal zitten ze uren op MSN, grappige dingen te schrijven over niks eigenlijk, met een heleboel hartjes ertussendoor.

'Denk je dat hij het uit gaat maken?' vraagt Cato, wanneer Isa een uur later bij haar vriendin in de woonkamer op de bank ligt, met een masker van avocado en geprakte banaan op haar gezicht en met plakjes komkommer op haar ogen. Sofie ligt op de bank met een kleimasker op haar gezicht en twee theezakjes op haar ogen.

'Ik weet het niet, hij doet opeens anders dan anders,' zegt Isa, langzaam pratend zodat de fruitprut niet van haar gezicht valt.

'Heb je iets aan hem gemerkt op school gisteren?' vraagt Cato nadat ze hun maskertjes hebben afgespoeld, terwijl ze met een kwastje vier verschillende kleuren oogschaduw aanbrengt op Isa's oog.

'Even nadenken,' zegt Isa.

'Niet knipperen,' zegt Cato.

'Weet je,' zegt Isa, 'gisteren op school ontweek hij me de hele tijd. Dat vond ik toen nog niet zo vreemd, maar elke keer dat ik naar hem toe wilde gaan, draaide hij zijn rug naar me toe of begon hij met iemand anders te praten. Vanochtend belde hij op om te zeggen dat hij me wilde spreken, maar hij klonk echt raar. Ik ben bang dat hij me niet meer leuk vindt.'

'Denk je dat hij verliefd is op een ander?' vraagt Cato.

'Ik hoop het niet,' zegt Isa.

Sofie heeft de hele tijd nog niks gezegd. 'Oooooo skatje, laat mama De la Rose jou een advies geven,' zegt ze opeens met een overdreven Surinaams accent. 'Jij moet die jongen gewoon betoooooveren.'

'Betoveren?' vraagt Isa. Ze herinnert zich nog hoe ze samen met Cato een keer geprobeerd had om een liefdesdrankje te maken om Tristan verliefd op haar te laten worden. Dat was helemaal mislukt. Hoewel, mislukt? Hij was daarna juist wel verliefd op haar geworden.

'Zal ik je haar invlechten?' vraagt Sofie, die achter Isa staat om haar haren te borstelen. Sofie zelf heeft nog steeds een felblauw kleimasker op dat volgens de gebruiksaanwijzing een uur op haar gezicht moet blijven zitten.

Terwijl Sofie honderden kleine vlechtjes in Isa's haar zet, is Cato voor de spiegel gaan zitten om heel lange nepwimpers op haar ogen te plakken.

'Als je wilt dat Tristan je weer net zo leuk vindt als daarvoor, dan moet je gewoon een beetje voodoo gebruiken,' zegt Sofie.

'Voodoo?' vraagt Cato, die met haar lange wimpers knippert om de lijm te laten drogen. 'Dat is toch met zo'n poppetje waar je spelden in prikt?'

'Nee,' zegt Sofie, 'dat denkt iedereen, maar voodoo werd vroeger in Afrika vooral gebruikt om de liefde een handje te helpen. Ze gebruikten het ook wel om mensen dood te maken, maar veel vaker om te zorgen dat iemand verliefd op je werd of bleef. Met voodoo riepen ze de geesten van hun overleden voorouders op, die er dan voor moesten zorgen dat iemand verliefd op je werd. Ik heb een boek uit de bibliotheek gehaald over voodoo en het is echt *spooky*, maar het schijnt wel te werken.'

'Geloof je daarin?' vraagt Isa.

'Ja,' zegt Sofie, 'sinds ik dat boek heb gelezen denk ik echt dat het werkt. Ze waarschuwen ook steeds dat je er niet om mag lachen, omdat het heel serieus is. De Afrikaanse slaven hebben voodoo meegenomen van Afrika naar het zuiden van Amerika, en daar is het heel populair geworden. In New Orleans heeft een voodoopriesteres gewoond waar iedereen in de stad naartoe ging als er iets was met de liefde. Wilde je een nieuwe man, hoppa, ging je naar die priesteres, en wilde je weer van 'm af, dan deed zij weer wat haren en nagels in een zakje, brandde een kaarsje, zei wat abracadabra en dan was je van hem af.'

'Je lijkt mijn moeder wel,' zegt Cato. 'Die gelooft ook in allemaal van die spreuken en kaarsvlam-lezen en koffiedik-kijken. Sinds ze die Sandokan heeft ontmoet, gelooft ze heilig in die onzin. Trouwens, hebben jullie Sandokan ergens gezien?'

'Sandokan de kat of Sandokan de helderziende?' vraagt Isa.

'Sandokan de kat, natuurlijk. Waar is dat stomme beest?' zegt Cato.

Met z'n drietjes lopen ze door het appartement en ze roepen 'Sandokáááááán' en 'Gekke Piiiiiiiiiietje', omdat hij ook nog naar zijn oude naam luistert.

Wanneer ze alle kamers wel drie keer hebben doorzocht, ziet Cato dat het keukenraam op een kier staat. 'O nee,' zegt ze verschrikt. 'Hij is vast naar buiten gegaan. Kom, snel.'

De drie meisjes rennen naar buiten, maar nergens is een kat te zien. 'Kom,' zegt Cato, 'we nemen de lift. Misschien is hij wel beneden. Mijn moeder gaat flippen als Gekke Pietje weer weg is.' Cato drukt op de knop naast de voordeur waarmee de voordeur vanzelf opengaat.

'Moet je kijken hoe we eruitzien,' zegt Sofie, wanneer ze in de lift staan. Isa kijkt naar zichzelf in de spiegel. Aan de linkerkant van haar hoofd heeft ze een heleboel vlechtjes, aan de rechterkant hangt haar haar nog kaarsrecht over haar schouder. Haar gezicht is opgemaakt alsof ze meedoet aan een Miss Travestie-verkiezing. Naast haar staat Sofie met haar blauwe gezichtsmasker en aan de andere kant staat Cato, met felrode lippen, zilverkleurige oogschaduw en veel te lange wimpers. 'We kunnen zo meedoen aan *America's Next Top Model*,' zegt Isa giechelend.

'Of we kunnen cliniclowns worden,' zegt Sofie. Isa begint te lachen. En nog voor de lift op de begane grond is, kunnen ze niks meer zeggen vanwege de slappe lach.

coole dingen om te weten

Dit is de rubriek 'Coole dingen om te weten'.
Voor wie mij nog niet kent: Ik ben Isabella Strombolov, alleen noemt niemand mij zo. Isa is hoe de meeste mensen mij noemen en Izzylove is de naam die ik gebruik op mijn website.

Ik heb twee ouders en een heel irritant broertje (Max) dat soms ook wel schattig is.

Ik heb twee hartsvriendinnen. BF1 is Cato en BF2 is Sofie. Ik heb ook een vriendje: Tristan Groen. Hij is SMAC (Super Mega Awesome Cool) en ik ben in looooooove!

Mijn hobby's zijn computeren (bloggen, msn'en, chatten, hyven, netloggen, mailen...) en computeren.

En o ja, als dit de eerste keer is dat je mijn site bezoekt: je kunt ook klikken op 'Testjes', 'Mode ABC', 'Liefdesverhalen' en 'Nieuws'. Voor alles waarvan ik niet weet waar het bij hoort, heb ik de rubriek 'Whatever'.

Heb je problemen en wil je advies? Mail dan naar izzy@izzylove.nl. Ik schrijf altijd terug.

Izzy LOVE

2

'Gekke Piiiiiiietje, Gekke Piiiiiiiiiiiiiietje,' roept Isa zo hard als ze kan.

'Poes, poes, poes, poes,' zegt Sofie.

'Saaaaaandokan, kom dan bij het vrouwtje,' gilt Cato.

'Zoeken jullie deze?' vraagt een oude vrouw in een lange zwarte jurk. Ze zit op een bankje op de hoek van de straat. Voor haar staat een open blikje kattenvoer waar Sandokan-vroeger-bekend-als-Gekke-Pietje uit zit te eten.

'Ja,' zegt Cato, 'die zoeken we inderdaad.' Ze tilt de kat met twee handen op, maar hij schrikt daar zo van, dat hij zijn nagels uitslaat en sissend uit haar handen springt.

'Kijk eens wat een lekker kippetje,' murmelt de oude vrouw, terwijl ze het blikje kattenvoer langzaam in de richting van Sandokan duwt. Ze werpt een boze blik op Cato, alsof ze liever niet wil dat Cato haar eigen kat komt terughalen.

'Als je dit blikje straks meeneemt en 'm niet zo ruw optilt, dan komt-ie vanzelf met je mee,' zegt ze, en ze kijkt Cato daarbij weer streng aan.

'Oké,' mompelt Cato een beetje bedremmeld.

Terwijl ze langzaam teruglopen naar Cato's huis, kijkt Isa naar het blikje kattenvoer dat Cato net van de vrouw heeft gekregen. 'Waarom stoppen ze daar kip in?' vraagt Isa. 'Heb je ooit een kat een kip zien opeten? Een blikje muis zou veel logischer zijn.'

'Gatver,' zegt Sofie. 'Ingeblikte muis.'

'Loopt hij nog achter ons?' vraagt Cato, nu ze bijna thuis zijn.

Isa kijkt om. 'O, help!'

'Pardon?' vraagt Sofie, die haar wenkbrauwen zo hoog optrekt dat haar ogen nog groter lijken dan ze altijd al zijn.

'Niet meteen omkijken, maar Tristan loopt achter ons.'

'Hij herkent je vast niet zo,' zegt Sofie.

'Hé, Cato,' zegt Tristan, drie seconden later.

'Yo,' zegt Sofie.

'O, hoi Soof,' zegt hij. 'Leuke blauwe make-up heb je.' Hij grinnikt, maar hij kijkt geen seconde naar Isa.

Isa voelt haar maag samentrekken. Herkent hij haar soms niet? Waarom zegt hij niks? Waarom doet hij opeens zo anders tegen haar? Zou hij haar echt niet meer leuk vinden?

'Wat doet een leuke jongen als jij in mijn straat?' vraagt Cato plagend.

Tristan moet lachen. 'Ik moet boodschappen doen voor mijn moeder. Ik zie jullie nog wel. Later.'

'Wat is *zijn* probleem?' vraagt Sofie, terwijl ze de voordeur openduwt. Ze geeft Gekke Pietje, die vlak voor haar zit, een tik met haar voet.

'Pas op,' zegt Cato, 'als je te hard schopt, loopt-ie wéér weg.'

'Hou jij eigenlijk wel van katten?' vraagt Sofie aan haar vriendin.

'Natuurlijk hou ik van katten,' beweert Cato. 'Hoezo?'

'Nou ja, je loopt niet echt over van liefde voor hem, vind ik,' zegt Sofie, die nu de kat naar binnen heeft geduwd. 'Katten zijn net jongens, je moet ze gewoon heel veel aandacht geven, dan blijven ze altijd bij je.'

'En jij spreekt uit ervaring?' vraagt Cato, die ook wel weet dat Sofies liefdesleven vooral bestaat uit heel vaak en heel lang naar de posters in haar kamer van die ene Vlaamse acteur staren.

Isa luistert nauwelijks naar haar vriendinnen. Ze voelt de tranen in haar ogen prikken. Het kan niet waar zijn dat Tristan haar niet heeft herkend. Ze heeft een half hoofd met gekke vlechtjes en ze is opgemaakt alsof ze tien jaar ouder is, maar hij zou haar zelfs nog herkennen als ze met een papieren zak over haar hoofd zou lopen. Waarom zei hij dan niks?
'Denk je dat de cowboy me niet meer leuk vindt?' vraagt Isa. De cowboy is de naam die haar vriendinnen Tristan hebben gegeven omdat hij op de dag dat hij voor het eerst bij hen in de klas kwam, een T-shirt aan had waar COWBOY op stond.

Cato en Sofie kijken haar tegelijkertijd aan, allebei met hun liefste vriendinnenblik.

'Natuurlijk vindt hij je nog steeds leuk,' zegt Cato. 'Iedereen vindt jou leuk. Je bént namelijk leuk.'

'Het komt allemaal goed,' zegt Sofie. 'We gaan gewoon wat voodoo op 'm toepassen.'

'Ja, we gaan spelden in zo'n poppetje prikken,' zegt Isa, die nu opeens heel boos wordt omdat hij net zo raar heeft gedaan.

'Nee, nee, nee, nee, *sweetie*,' zegt Sofie, 'we gaan een liefdesspreuk uitspreken. Maar ik ga eerst even dat gekke masker afspoelen.'

Isa zit in het halfdonker op haar knieën voor een bijzettafeltje. Sofie heeft de gordijnen dichtgedaan en twee kaarsen op het tafeltje gezet. Op het tafeltje ligt een poppetje gemaakt van deeg. Eindeloos zijn ze in de keuken bezig geweest om van bloem, water, boter en ei kneedbaar deeg te maken. Daarna heeft Isa er een poppetje van gemaakt dat op Tristan lijkt. Zijn gezicht lijkt niet echt, maar zijn krullen, zijn brede lach en zijn lange, beetje slungelige lichaam lijken heel goed. Het poppetje ligt nu op tafel tussen de twee kaarsen in. Op de plek van zijn hart brandt een staafje wierook. Pas als de as van de wierook op het poppetje is gevallen, mag Isa verder met het ritueel.

Sofie heeft met een zwart oogpotlood donkere lijnen om haar ogen getekend en heeft haar lippen donkerpaars gemaakt, als een echte voodoopriesteres. Zonder iets te zeggen geeft ze Isa een koekenpan en daarna steekt ze de kaarsen aan.

'Wat moet ik nu ook alweer doen?' fluistert Isa wanneer de as van de wierook eindelijk is gevallen.

'Ssst,' sist Sofie. Ze wijst naar het poppetje en daarna naar de pan.

Vijf minuten lang houdt Isa de pan met het deegpoppetje boven de kaarsen. Het lijkt wel alsof de pan steeds zwaarder wordt.

Cato, die de hele tijd van een afstandje heeft staan toekijken, legt een handgeschreven briefje op het tafeltje. Het is zo donker dat Isa het bijna niet kan lezen.

Een onzichtbare draad bindt jou aan mij
daarom gaat onze liefde nooit meer voorbij.
Jij draagt mij stevig in jouw hart
gelukkig heet je Tristan en geen Bart.

Stiekem moet Isa een beetje lachen wanneer ze de laatste zin uitspreekt. Sofie had zich niet meer kunnen herinneren wat er in het voodooboek had gestaan, maar volgens haar maakte dat niet uit. Als het maar rijmde. Het enige wat Isa nu moet doen is de pop, gewikkeld in een zakdoek, twee weken onder Tristans bed leggen en daarna begraven onder zijn raam. Dat laatste, denkt Isa, kan nog een probleem zijn, want de Kwartellaan, waar hij woont, is een van de drukste straten van de stad. Daar kun je niet ongemerkt iets begraven. En bovendien moet je er eerst een stoeptegel voor loswrikken. Maar haar eerste zorg is hoe ze die voodoopop onder zijn bed krijgt. Zo vaak komt ze niet bij hem thuis, en nu hij opeens zo raar doet al helemaal niet.

'Klaar,' zegt Cato, wanneer Sofie de kaarsen heeft uitgeblazen.

'Wat is het donker,' zegt Isa, die de zakdoek met het voodoopoppetje erin in haar jaszak heeft gestopt. 'Kunnen de gordijnen niet open?'

'Nee,' zegt Cato verbaasd. 'Ze doen het niet meer.'

'Hoe kunnen gordijnen het nou niet dóén?' vraagt Isa.

'Onze rolgordijnen gaan elektrisch open,' zegt Cato, die achter elkaar, maar tevergeefs, op een knopje blijft drukken. 'Ik vind het echt zo spooky.'

'Ik doe het licht wel even aan,' zegt Sofie, maar ook dat doet het niet meer.

'Zal ik even op de gang gaan kijken of het licht het daar nog doet?' vraagt Isa. Maar ook de voordeur gaat elektrisch open, *als* hij opengaat, want hoe vaak Isa ook op de knop naast de voordeur drukt, er gebeurt helemaal niks.

Isa pakt haar telefoon uit haar broekzak om te zien hoe laat het is. Halfvijf al. Over een uur moet ze thuis zijn, maar ze kan niet eens bellen omdat ze geen bereik heeft. 'Doen jullie mobieltjes het?' vraagt Isa bezorgd.

'Nee, ik heb geen ontvangst,' zegt Sofie, en ook zij klinkt verbaasd.

'Ik vind het eng,' zegt Isa.

'We hadden nooit die voodoo moeten doen,' zegt Cato. 'We hebben vast de verkeerde spreuk gezegd.'

'Gelukkig heet je Tristan en geen Bart,' zegt Sofie, expres met een lage, dreigende klank in haar stem, 'dat is voodootaal voor: hiervan krijgen jullie spijt, gordijnen gaan nooit meer open en weg is de elektriciteit.'

'Sofie, doe normaal. Ik vind het niet leuk meer,' zegt Cato, en haar stem klinkt angstig.

Biiiiiiiep, klinkt er opeens luid door de kamer. Isa knijpt van schrik heel hard in Cato's arm.

'Wat was dat?' vraagt Sofie. Zij is de enige die het allemaal niet eng schijnt te vinden.

'Het leek wel bij jou vandaan te komen,' zegt Cato met een bibberstemmetje tegen Isa.

Isa kan bijna niet praten, zo geschrokken is ze. De flat waar Cato woont heeft ze altijd al een beetje griezelig gevonden. Hij is heel groot en leeg en er hangen een paar enorm enge Afrikaanse maskers aan de muur. Nu, in het schemerdonker, lijken die maskers wel levende mensen.

'Is het niet gewoon je telefoon?' vraagt Sofie.

Isa haalt haar mobiele telefoon uit haar zak en ziet dat die het inderdaad was. Ze heeft gelukkig weer bereik. Aan het gele envelopje op het scherm te zien heeft ze een sms'je gekregen. Blij dat het van Tristan is, opent ze het bericht.

'MJZ. T,' staat er. Moet Je Zien, betekent dat. Isa begrijpt niks meer van jongens. En al helemaal niks van één jongen in het bijzonder. Of zou de voodoospreuk nu al werken? Heeft ze zich misschien voor niks zorgen gemaakt en houdt hij nog net zoveel van haar als zij van hem? Het liefst zou ze hem meteen terug sms'en, maar net wanneer ze haar vriendinnen wil vertellen over Tristans sms'je, klinkt er buiten een keihard gerommel. De kat is van schrik onder de bank gekropen en begint hard te miauwen. Dan volgt er nog een harde onweersknal, gevolgd door een lichtflits die de hele kamer, dwars door de gordijnen heen, verlicht. Isa voelt haar hart in haar borstkas bonken.

'Dit is echt lol,' zegt Sofie, die haar hoofd tussen de gordijnen door steekt om te zien hoe de regen keihard tegen het raam slaat.

'Ja, echt lol,' zegt Isa. 'Ik denk dat ik mijn moeder ga bellen om te vragen of ze me wil komen halen. Het wordt mij hier té grappig.'

Wanneer Isa even later bij haar moeder in de auto zit op weg naar huis, hoort ze de nieuwslezer op de radio zeggen: 'Als gevolg van zwaar onweer zaten grote delen van de stad het afgelopen uur zonder elektriciteit. Een omgevallen elektriciteitsmast zorgde voor grote problemen. Ook het mobiele en gewone telefoonverkeer lagen enige tijd plat. Het energiebedrijf meldt dat het probleem inmiddels is verholpen.'

Isa is blij dat het allemaal niks met die voodoo te maken had en voelt of het voodoopoppetje nog in haar jaszak zit. Snel stuurt ze een berichtje naar Tristan.

Ik wil jou ook zien. Altijd en overal.

whatever

Ik krijg heel veel vragen over hoe je een jongen of een meisje moet laten weten dat je hem of haar leuk vindt. Er zijn natuurlijk een heleboel manieren. (Je naam met afbijtmiddel in de auto van zijn of haar ouders zetten, je liefdesverklaring met wegenverf op de straat schilderen tussen zijn of haar huis en school, al zijn beste vrienden of haar beste vriendinnen persoonlijk inlichten, je ouders een afspraak laten maken met zijn of haar ouders om het onder het genot van een glaasje wijn over jullie toekomst te hebben, of het hem of haar gewoon vertellen via de intercom op school.)

Maar ik heb hier een manier voor je die bijna altijd werkt. Het is de IZM, Izzy's Zintuigen Methode. De IZM (Ik heb 'm zelf bedacht, met een beetje hulp van het internet) maakt gebruik van de vijf zintuigen; zien, horen, ruiken, proeven en voelen. Laat hem of haar dus niet alleen zien of horen dat je hem/haar leuk vindt, maar gebruik alle vijf de zintuigen.

Zo versier je de jongen of het meisje van je dromen

Ogen

Zorg dat alles aan jou beweegt als hij of zij in de buurt is. Bewegende dingen vallen namelijk het meeste op. Schud een beetje met je hoofd zodat je haar heen en weer zwiept, draag een fladderende sjaal, kettingen of een tas die losjes over je schouder hangt. Praat je met hem of haar, haal dan af en toe je hand door je haar, maar ga niet staan frunniken aan je trui. Dat is ook bewegen, maar dat is NIET cool. Wat ook belangrijk is als je iemand wilt verleiden via zijn of haar ogen: zorg dat je er altijd helemaal te gek uitziet. Je hoeft geen modeslachtoffer (fashion victim) te zijn – draag gewoon waar jij je lekker in voelt, dan zie je er vanzelf al goed uit. Het schijnt dat als je iets roods draagt, anderen je mooier vinden. Rood is dus echt de kleur van de liefde.

Veel glimlachen is trouwens ook goed, want hoe meer je lacht, hoe leuker andere mensen je vinden, echt waar!

Oren

Verleid de jongen of het meisje van je dromen via zijn of haar oren. De meeste mensen weten het zelf niet, maar een heleboel informatie over hoe leuk je iemand vindt gaat via je stem. Helaas is die stem niet altijd even betrouwbaar. Het kan best zijn dat je zo zenuwachtig wordt als de BOYD (Boy Of Your Dreams) of GOYD (Girl Of Your Dreams) in de buurt is, dat je door de spanning een heel gekke stem krijgt. Dat pieperige, krakende, hoge stemmetje, dat ben jij. Probeer dus zo ontspannen mogelijk te doen als je tegen hem of haar praat en laat je stem een beetje zakken. Lage stemmen worden altijd net iets sexyer gevonden dan hoge piepstemmetjes.

Uit onderzoek blijkt dat het helemaal niks uitmaakt wat je tegen iemand zegt, omdat de meeste mensen alles vergeten wat er tegen ze wordt gezegd. Ze onthouden hoe ze zich voelden toen ze jou zagen (hopelijk verliefd!!!), hoe je eruitzag (megasexy) en hoe je stem klonk (zwoel, zwoel, zwoel). Het belangrijkste is dat je IETS zegt. Dus niet schaapachtig lachen omdat je niet een enorm sterke openingszin weet te verzinnen. Je kunt ook gewoon zeggen: 'Ik heb vandaag veertig Balinese dodenmaskers gekocht via eBay'. Ook een goede openingszin is: 'Hoi, mag ik even hier komen staan?'

Neus

Je zou eens moeten weten hoeveel informatie je over iemand krijgt via je neus. Als je straalverliefd bent, kan die ander dat gewoon ruiken! Daarom is het belangrijk dat je niet allerlei andere gekke luchtjes om je heen hebt hangen, waardoor hij of zij jouw eigen lichaamsgeur niet meer ruikt. Dus geen sterke deo's gebruiken, niet een wolk parfum of aftershave op doen en geen oude sokken of stinkende T-shirts dragen. Hoewel, een beetje stinken mag zo'n T-shirt wel, want juist via je eigen zweetlucht kan de ander ontdekken – of ruiken – dat jij hem of haar leuk vindt.

Tong

De liefde gaat door de maag, zeggen ze. Maar de liefde gaat eerst over de tong. Als je iets lekkers proeft, wordt er een stofje aangemaakt in je lichaam waardoor je in een goeie bui raakt. En een goeie bui is nodig om verliefd te kunnen worden. Geef je BOYD of GOYD dus iets heel lekkers te eten. Neem een brownie mee naar school en vraag of hij of zij een stukje wil proeven (omdat je moeder er gisteren de eerste prijs mee heeft gewonnen bij de plaatselijke browniebakwedstrijd, verzin maar iets). Een zak snoep meenemen en dan zo gewoon mogelijk zeggen: 'Wil jij er een?' is ook al goed.

Huid

Het aanraken van de huid is zo belangrijk dat baby-aapjes die vanaf de geboorte niet door hun moeder worden aangeraakt, doodgaan. Als je verliefd bent, wil je die ander ook het liefst steeds aanraken. Jongens moeten alleen veel vaker aangeraakt worden dan meisjes om verliefd te worden. Zes keer zo vaak om precies te zijn. Leg je hand daarom zo vaak mogelijk op zijn of haar arm, schouder of hand, of geef een zacht stompje tegen zijn of haar bovenarm. Doe het niet te overdreven en kijk goed of die ander het wel leuk vindt om aangeraakt te worden. Zie je iemand schrikken, hou er dan meteen mee op. Maar af en toe even een hand op een arm vindt bijna niemand erg.

3

Het eerste wat Isa doet wanneer ze 's ochtends wakker wordt, is kijken of Tristan op MSN is. OFFLINE staat er achter zijn naam. Ook op haar sms'je van gisteren heeft hij niet gereageerd. Gek wordt ze ervan dat hij nu niets van zich laat horen, terwijl hij degene was die haar wilde spreken. Maar ze durft hem ook niet te bellen.

Ze besluit de hele dag aan haar website te werken. Alles om maar niet aan hem te denken. Ze zit zo hard te typen, dat ze niet eens hoort dat haar vader haar kamer in is gekomen.

'Zo, Izzybizzy,' zegt hij, terwijl hij een kopje thee voor haar neerzet. 'Je hebt het maar druk met dat computertje van je. Moet je niet eens wat anders doen? Een spelletje mens-erger-je-niet spelen met je lievelingsvader bijvoorbeeld?'

'Papa, erger me niet,' zegt Isa met een grote glimlach.

'Heb je trouwens zin om vanavond mee te gaan naar Jack?' vraagt haar vader. 'Hij heeft ons uitgenodigd om kaasfondue bij hem te komen eten.' Jack Muesli is de beste vriend van haar vader. Jack heeft ook een zoon, Jules, die een jaar ouder is dan Isa. Heel lang wist Isa niet eens dat Jack een zoon had, maar sinds hij op een dag onverwacht bij zijn vader op de stoep stond, is het alsof hij er altijd is geweest. Jules heeft vanaf zijn geboorte bij zijn moeder in een andere stad gewoond. Toen zij een tijdje in het buitenland zat, heeft Jules voor het eerst bij Jack gewoond en nu logeert hij elk weekend bij zijn vader. Isa's vader en Jack maken soms flauwe grapjes over Isa en Jules. Ze vinden dat ze later moeten trouwen. Isa haat het als volwassenen dat soort dingen zeggen. Bovendien is er geen haar op haar hoofd die eraan denkt om verliefd te worden op Jules. Niet omdat ze hem niet leuk vindt – hij is best knap – maar omdat ze al een vriendje heeft.

'Ik hou niet van kaasfondue,' zegt Isa. 'Maar ik vind het wel leuk om mee te gaan, hoor.'

'Ken je die mop van die twee Franse kazen?' vraagt haar vader. 'Er lopen twee Franse kazen over straat, zegt de ene kaas tegen de andere kaas...'

'Pa-hap,' zegt Isa, die haar vader verboden heeft om ooit nog een flauwe mop te vertellen.

'Oké,' zegt haar vader. 'Knijpmemaar en Slamemaar die zaten in een bootje. Knijpmemaar die viel eruit, wie bleef er toen nog over?'

'Slamemaar,' zegt Isa, die deze mop al drieduizendachthonderdvijfendertig keer heeft gehoord. Snel glipt ze langs haar vader en rent de hal in, naar de trap. Haar vader is vlak achter haar en probeert haar te slaan.

'Je mag geen kinderen slaan,' roept Isa.

Beneden aan de trap tikt ze met haar hand tegen de gangkast. 'Vrij,' roept ze.

'Heb je nog huiswerk?' vraagt Isa's moeder wanneer ze in de woonkamer op de bank ploft.

'Heb ik al af,' zegt Isa.

'Echt waar?' vraagt haar moeder.

'Ja, mamsiepamsie,' zegt Isa plagend. Haar moeder haat het als ze haar mamsiepamsie noemt.

'We gaan naar Jack toe, we gaan naar Jack toe,' roept Max. Hij springt als een kangoeroe door de kamer. Zijn wilde haar danst op en neer.

'Sta stil, sproetenkop,' zegt zijn moeder, 'en doe je schoenen aan, dan gaan we naar buiten, het is heerlijk weer.'

'Kom hier, mooie vrouw,' zegt Jack wanneer hij die avond Isa's moeder voor de deur ziet staan. Hij slaat zijn armen om haar heen en drukt haar stevig tegen zich aan.

'Jack, ik krijg geen lucht,' zegt ze met een klein stemmetje, wanneer hij haar net iets te lang vasthoudt.

Jack laat haar direct los en stort zich op Isa's vader. 'Hé, gast,' zegt hij, en hij drukt Isa's vader met twee armen tegen zich aan.

'En daar is Isabella Strombolov,' roept hij vrolijk, wanneer hij Isa ziet.

O nee, denkt Isa. Ik wil niet ook platgedrukt worden. Snel steekt ze haar arm in de lucht om Jack een high five te geven.

'Jongens, kom binnen,' zegt Jack wanneer ze in de hal staan.

'We zíjn al binnen,' zegt Max.

'Jij wijsneus,' zegt Jack. Hij tilt Max op en draagt hem de woonkamer in.

'Hoi, Jules,' zegt Isa's moeder.

Jules zit op de bank met zijn benen opgetrokken en een Nintendo op schoot. Hij knikt verlegen.

'Wat speel je?' vraagt Isa, die naar het schermpje van zijn Nintendo kijkt.

'Een nieuwe racegame,' zegt Jules, die het spel op pauze heeft gezet.

'*Grand Theft Auto Chinatown!*' roept Isa.

'Ja, ken je die?' vraagt Jules verbaasd.

'Toevallig wel,' zegt Isa. 'Maar ik ken 'm niet op de Nintendo DS.'

'Ik heb boven nog een console,' zegt Jules. 'Als je wilt, kunnen we tegen elkaar spelen.'

'Leuk,' zegt Isa.

Sinds Jules weer contact heeft met zijn vader, heeft hij ook hier een eigen kamer. Het is een piepklein kamertje, waar nog stapels boeken tegen de muur staan uit de tijd dat het Jack z'n bibliotheek was, zoals hij het zelf noemde.

Boven gooit Isa haar jas op het bed en gaat ze in een grote leren stoel met noppen zitten. 'Oké,' zegt ze met de Nintendo in haar handen. 'Dan mag je mij vertellen waarom je een roze DS hebt.'

'Ja, suf hè?' zegt Jules. 'Die heeft mijn moeder voor me gekocht. Ik mag geen mobieltje van mijn moeder. Ze is bang dat die te veel straling geeft of zo en dat je daar raar van wordt in je hoofd. Maar omdat ze het zielig vindt dat ik geen telefoon heb, heeft ze een Nintendo voor me gekocht. Hij is alleen wel erg girly.'

‘Ah, joh,’ zegt Isa, ‘wees blij dat het niet de Special Barbie Edition is. Kom op, racen.’

’s Avonds, vlak voor ze naar bed gaat, wil Isa nog even kijken of ze berichten heeft gekregen op haar mobiel. Maar waar is haar telefoon? Ze voelt in haar broekzak, maar er zit niks in. Zachtjes, zodat haar ouders haar niet horen, loopt ze de trap af om in haar jaszakken te voelen.

‘Lig je nou nog niet in bed?’ hoort ze opeens de stem van haar vader.

‘Sor-ry,’ zegt Isa.

‘Je moet echt slapen hoor, lieverd,’ zegt haar moeder. ‘Het is al zo laat en morgen moet je weer naar school.’

‘Ik ga zo weer naar boven,’ legt Isa uit, ‘maar ik keek even in mijn jas. Volgens mij heb ik mijn telefoon bij Jack laten liggen. Ik denk dat hij uit mijn jaszak is gevallen toen ik mijn jas op het bed gooide.’

‘Ik bel Jack dadelijk wel,’ biedt haar vader aan. ‘Als je telefoon daar ligt, haal ik ’m morgenochtend wel even op.’

‘Dank je wel.’ Isa geeft haar ouders nog snel een zoen.

‘Slaap lekker, schat,’ zegt haar moeder.

‘Welterusten, mam,’ antwoordt Isa.

Op maandagochtend fietst Isa met Cato en Sofie door het park naar school. ‘Heb je nog wat van de cowboy gehoord?’ vraagt Cato.

‘Ja, alleen een sms’je dat hij me moet zien,’ zegt Isa, ‘maar ik weet niet of hij daarna op mijn sms’je heeft gereageerd, omdat ik mijn telefoon bij een vriend van mijn ouders heb laten liggen. Tristan was ook niet op MSN. Ik begrijp er niks van. We spraken elkaar altijd elke dag en opeens doet hij zo raar. Ik begrijp er helemaal niks van. Als hij me niet meer leuk vindt, dan moet hij dat gewoon zeggen, vind ik.'

'Je ziet hem straks op school,' zegt Cato. 'Dan moet je gewoon vragen wat er aan de hand is. Ik weet zeker dat er niks is om je zorgen over te maken.'

Isa ziet hem sneller dan verwacht. Wanneer ze het schoolplein op fietst, maakt hij net zijn fiets vast.

'Hoi,' zegt Isa, hopend dat hij het hoort.

'Hoi,' antwoordt Felix, de jongen die in de klas meestal naast Tristan zit.

Vanuit haar ooghoeken ziet Isa dat Tristan wegloopt zonder om te kijken. Nu weet ze bijna zeker dat hij haar niet meer leuk vindt. Terwijl zij hem juist super-superleuk vindt. Al die maanden dat hij haar vriendje was, heeft ze er geen seconde aan gedacht dat het op een dag zomaar over zou kunnen zijn. En nu heeft ze een heel naar voorgevoel.

'Heb je je geschiedenis geleerd?' vraagt Felix.

'Moesten we wat leren dan?' vraagt Isa.

'Ja, Egypte, weet je wel. We moesten alles weten over Hatsjepsoet.'

'Ja, *sure*,' zegt Isa, terwijl ze haar fietsketting vastmaakt aan het rek. 'Hatsjepsoet en Hadjememaar die zaten in een bootje. Hadjememaar die viel eruit, wie bleef er toen nog over?'

'Lach jij maar,' zegt Felix. 'Ik zie je wel in de klas. Ciao.'

'Heeft iedereen het hoofdstuk over Hatsjepsoet uit z'n hoofd geleerd?' vraagt de meester.

Er gaan een paar handen de lucht in. De rest van de kinderen in de klas kijkt vragend naar de meester.

'Had je petoet?' vraagt Sofie. Een paar kinderen beginnen te lachen.

'Jongens, jongens,' zegt de meester. 'Wanneer letten jullie nou een keer op als ik huiswerk opgeef? Hatsjepsoet was de eerste vrouwelijke farao van Egypte. Het was in die tijd heel ongebruikelijk dat een vrouw het land regeerde. Zo ongebruikelijk, dat ze soms door het land reisde met een nepbaard. Latere farao's lieten op heel veel plekken haar naam weg beitelen, zodat het leek alsof ze niet eens had bestaan. Daarom duurde het ook heel lang voor ze werd teruggevonden. Op de plek waar alle farao's werden begraven werd begin vorige eeuw wel een vrouwelijke mummie gevonden, maar niemand wist wie dat was. Pas in 2007, toen die mummie naar het museum in Caïro werd gebracht, ontdekten ze dat dit het lichaam van Hatsjepsoet was.'

Hij haalt een pagina uit de krant tevoorschijn en laat die rondgaan door de klas. 'Kijk maar goed,' zegt hij. 'Zo zag de machtigste vrouw van Egypte eruit, althans, toen ze al drieënhalfduizend jaar dood was.'

Isa kijkt naar de foto in de krant. Het gezicht lijkt wel wat op die maskers bij Cato thuis. Ze voelt een rilling over haar rug lopen wanneer ze ernaar kijkt.

'Hier,' zegt ze, en snel geeft ze de krant aan Cato.

'Maar,' zegt de meester, 'omdat bijna niemand van jullie de

moeite heeft genomen om het hoofdstuk Egypte te leren, geef ik het op als huiswerk voor vrijdag.'

Tristan steekt zijn vinger op. 'Dan ben ik er waarschijnlijk niet, meester,' zegt hij.

'Waar ben je dan?' vraagt de hij.

'Ik moet ergens heen,' antwoordt Tristan.

'Zo,' zegt de meester, 'ergens heen. Dat klinkt heel interessant. Zorg maar dat je moeder je een briefje meegeeft.'

Isa fronst haar wenkbrauwen. Een paar dagen geleden wist ze nog alles van Tristan. Waar hij naartoe ging, wat hij deed, alles. Ze begrijpt niet wat er is gebeurd. Waarom hij haar ontwijkt. Misschien heeft hij een ander vriendinnetje, en ze voelt haar maag ineenkrimpen bij die gedachte.

Het is tijd om tot actie over te gaan. In de pauze gaat ze hem vragen wat er aan de hand is. En als hij zo gek blijft doen, dan is dat voodoogedoe van Sofie misschien zo gek nog niet om zijn liefde terug te winnen. Ze moet haar maar eens vragen of ze nog meer voodootips heeft. Maar nu ze daaraan denkt, waar heeft ze dat voodoopoppetje eigenlijk gelaten?

Izzylove ♡ (2045) reageer
vandaag, 21:05 verwijder

Heeeeee, waarom is mijn BFF niet online? Je zit vast met je moeder alle afleveringen van CSI te kijken. Lekker op de bank met een emmer Maltesers tussen jullie in. O, snik, snik, ik zit hier maar lonelie op mijn kamertje. Mijn papsie en mamsie hebben een nieuwe regel: dat ik door de week na negen uur niet meer in de huiskamer mag zitten. HALLOOOOO, IK BEN GEEN BABY!!!! Ze vinden dat ik te laat naar bed ga en yadie-yadieyadieyadie. Ik ben het er dus niet mee eens. Maar als je straks denkt: wat jammer dat ik al om middernacht naar bed moet, denk dan even aan mij en hoe ik hier zit in mijn isoleercel. Weet jij trouwens hoe ik meer over voodoo te weten kom? Dag skattie, love-u forrevvurrrr!!!! Iz.

~~Soof~~ (365) reageer
vandaag, 21:55 verwijder

Ola, ik zou naar de bieb gaan als ik jou was. En anders kun je via Google zoeken op 'voodoo'. Ik stuur je een attachment mee met de adressen die ik zelf heb gevonden. Ik moet nu ook slapen, helaas. Ik zie je morgen! XS.

4

'Kijk eens wat ik heb?' zegt Isa's vader, die triomfantelijk een sok omhooghoudt.

'Zo hé,' zegt Isa. 'Een sok.'

'Een vieze sok,' zegt Isa's moeder.

'Meisjes, wat doen jullie flauw. Hier zit Isa's telefoon in. Die heb ik onder het bed van Jules vandaan geplukt. Die sok is alleen maar om te zorgen dat haar telefoon niet beschadigt.'

'Dank je wel. Maar ik moet nog wat huiswerk maken,' zegt Isa, die de sok met telefoon en al uit haar vaders hand grist. Boven in haar kamer kijkt ze of ze een sms'je heeft gekregen van Tristan. Niks.

In de pauze op school heeft hij haar weer de hele tijd ontweken, en toen ze na school naar hem toe ging om te vragen of er iets aan de hand was, haalde hij alleen maar zijn schouders op. Hij kon zich ook niet meer herinneren waarom hij haar had ge-sms't, zei hij. 'Nou ja,' had Isa gezegd, 'ik krijg het gevoel dat je me de hele tijd ontloopt. En je bent ook niet meer op MSN.' Hij had gezegd dat er niks aan de hand was, maar toen ze vroeg waarom hij haar zaterdag niet eens gedag had gezegd, mompelde hij dat ze zich vergiste en dat hij haar wel gewoon gedag had gezegd.

Maar Isa vergiste zich niet. Een stem in haar hoofd riep de hele tijd dat er iets aan de hand was. Iets heel ergs. Als hij het uit wilde maken, dan moest hij dat maar doen, maar dat betekende natuurlijk niet dat zij het daarmee eens zou zijn. Ze zou er alles aan doen om hem terug te winnen. Het was tijd geworden voor DGVRO – De Grote Voodoo-ReddingsOperatie. Daarmee zou ze zorgen dat Tristan weer van haar zou gaan houden.

Ze ligt op haar bed, haar laptop opengeklapt op het kussen. De meeste sites zijn in het Engels, maar er zit gelukkig ook een Nederlandse site tussen.

De beroemdste voodoopriesteres was Marie Laveau. In de negentiende eeuw woonde ze in een heel klein huisje in de oude binnenstad van New Orleans. Overal uit het zuiden van de Verenigde Staten kwamen mensen naar haar toe om haar advies te vragen over zaken van het hart. Als een man en een vrouw altijd bij elkaar wilden blijven, schreef Marie Laveau de namen van de twee geliefden op een stuk papier, legde dat op een geitenblaas en liet die drogen in de zon. Daarna waren ze voor altijd aan elkaar verbonden.

Gatver, denkt Isa, een geitenblaas. Ze heeft geen idee waar ze zo'n ding vandaan moet halen, maar gelukkig staan er op de site nog veel meer tips.

Een veelgebruikte methode was om een schoen of sok van de geliefde te nemen, die te vullen met honing en een nacht onder je matras te leggen. De schoen of sok staat symbool voor de weg die je bewandelt en de honing betekent een weg vol zoete liefde.

Honing, denkt Isa, daar is makkelijker aan te komen dan aan een geitenblaas.

Wie zijn geliefde wil houden, leest Isa verder, voert het ritueel uit bij wassende maan, wanneer de liefde toeneemt. Wie juist van zijn geliefde af wil, kiest voor een nacht met afnemende maan. Maar de sterkste kracht voor alle rituelen is bij volle maan.

Isa kijkt naar buiten. Het is donker en er is geen maan te zien. Ze gaat op haar balkon staan en kijkt naar de hemel. Die is helemaal zwart met donkergrijze wolken. Het enige licht komt van de straatlantaarn voor haar huis. Ze kijkt op de site of ze nog iets kan vinden over de betekenis van een onzichtbare maan, maar ze kan niets vinden.

Nou ja, dan maar geen maan. Eerst moet ze zonder dat het opvalt de honing uit het keukenkastje halen en daarna moet ze nog een oude schoen zien te vinden. Eigenlijk moet het een schoen van Tristan zijn, maar ze kan moeilijk bij hem aanbellen en een schoen vragen. Dan maar haar eigen schoen gebruiken.

Na een tijdje zoeken lijkt het erop dat een schoen vinden nog moeilijker is dan een geitenblaas ergens vandaan halen. Isa heeft haar hele kledingkast doorgespit, maar er staan alleen maar schoenen in die ze absoluut niet kwijt wil. Haar bontlaarsjes van vorige winter zijn nu wel gruwelijk uit de mode, maar voor je het weet zijn ze opeens weer retro en hip. Haar collectie gympen wil ze voor geen goud gebruiken en alleen haar slippers van afgelopen zomer zou ze kunnen opofferen. Maar daar blijft de honing natuurlijk niet goed op liggen. Een sok dan maar, denkt Isa. Haar oog valt op de sok waar haar telefoon in heeft gezeten. Wat moet ze anders met één zo'n sok?

Belangrijk is dat ze voor het ritueel in de juiste stemming komt, maar volgens de voodoosite moeten voor liefdesrituelen de twee wijzers van de klok in de bovenste helft van de wijzerplaat staan. Dat betekent dat ze pas om kwart voor negen kan beginnen, over een halfuur. Om de tijd te doden stuurt ze nog snel een berichtje naar Sofie.

Hé, Soof, dank dank dank voor die te gekke voodoo-adressen. Ik ga vanavond voodoo toepassen op jeweetwelwie. Zul je zien dat-ie morgen op school ineens weer poeslief doet (vooral als hij dit berichtje meeleest ☺). Zullen we morgenmiddag afspreken? Gaan we lekker ijsjes eten met heel veel spikkels en een beetje dom doen en chillen en heel hard zingen op de fiets en zomaar mensen opbellen en dan Chinees praten. Anyhoooow, lijkt me heel leuk om samen wat te doen. We kunnen ook dvd's huren en bij mij thuis een filmmiddag houden.
Ziejemorgen Housssuperveeeeeeeelvanje! Izzylove.

Om kwart voor negen sluit Isa haar computer af en zet ze twee kaarsen op het lage tafeltje naast haar bed. In het midden staat een houdertje met wierook, maar voor ze de kaarsen en de wierook aansteekt, moet ze eerst het altaar inwijden door op elke hoek een paar druppels water te sprenkelen.

Vorige week bij Cato thuis geloofde Isa nog helemaal niet dat de voodoo echt zou kunnen werken, maar nu voelt ze een rare tinteling in haar lichaam. Op haar knieën zit ze voor het altaar met op haar schoot de sok en een pot honing. Ze ademt diep in en uit, precies zoals ze heeft gelezen op internet. Ze steekt de kaarsen en de wierook aan en kijkt naar de vlammetjes. Bij dit ritueel moet je je ogen, neus en oren zo goed mogelijk gebruiken. Ze ziet hoe de vlammen langzaam heen en weer bewegen, soms geel, dan weer oranje. Ze ademt diep in en snuift de wierooklucht op. Als laatste gebruikt ze haar oren: ze luistert heel aandachtig naar de geluiden in haar kamer. Het is zo stil, dat ze alleen haar eigen ademhaling hoort. In de verte hoort ze de blote voeten van haar broertje op de houten vloer in de gang, op weg naar de wc.

Adem in, adem uit, adem in, adem uit, zegt Isa in gedachten tegen zichzelf en ze doet heel hard haar best om niet te denken aan een liedje van het Junior Songfestival met precies diezelfde tekst. Bij voodoorituelen is het de bedoeling dat je hoofd helemaal leeg is.

Heel langzaam schroeft ze de dop van de honingpot en giet ze de inhoud in de sok. Ze vouwt de bovenkant dicht en legt de sok onder haar matras. De honing druipt direct op de grond. Snel legt ze er een plastic tas onder om de rest van de druipende honing op te vangen. Ze dooft de wierook en net wanneer ze de laatste kaars heeft uitgeblazen, valt er een strook helder maanlicht in een baan over het altaar. Isa voelt een rilling langs haar rug lopen. Het is net alsof je door zo'n voodooritueel de natuurkrachten oproept. Eerst dat onweer bij Cato thuis, en nu dit maanlicht dat uit het niets lijkt te zijn gekomen.

Snel kleedt Isa zich om en ze kruipt onder haar dekbed. Ze wordt een beetje misselijk van die zoete honinglucht die onder haar matras vandaan komt, maar voor de liefde moet je soms een offer brengen.

Wanneer ze bijna slaapt, hoort ze zacht geklop in haar kamer. Van schrik houdt ze haar adem in. Het kloppen houdt direct op. Net wanneer ze denkt dat ze het zich heeft verbeeld, begint het kloppen weer. Deze keer lijkt het onder haar bed vandaan te komen. Isa's hart gaat als een razende tekeer. Met de pluizige Gerrit dicht tegen zich aan gedrukt kijkt ze onder het bed. Ook daar is niets te zien, maar ze hoort nu wel heel duidelijk het kloppen, heel zacht en dan opeens weer heel hard.

Dit is de laatste keer dat ik me met voodoo bezighoud, denkt Isa. Trillend ligt ze op haar rug. Ze concentreert zich op haar ademhaling. Adem in, adem uit, adem in, adem uit. Ze blijft de woorden herhalen, net zo lang tot het kloppen is gestopt en haar oogleden zwaar beginnen te worden.

liefdesverhalen

Al een tijdje verzamel ik liefdesverhalen. Ik zoek ze op via internet of blader door boeken in de bibliotheek en heel soms hoor ik een liefdesverhaal dat ik zo mooi vind, dat ik het opschrijf in mijn eigen woorden. Dit is het verhaal van Bonnie en Clyde, waarvan ik een tijdje geleden de film heb gezien.

Bonnie en Clyde

Bijna honderd jaar geleden woonde er in Texas, in het zuiden van de Verenigde Staten, een meisje van negentien dat de geschiedenis in zou gaan als een van de beroemdste bankovervallers: Bonnie Parker. Maar voor ze bankovervaller werd, was ze serveerster in een wegrestaurant. Een week voor haar zestiende verjaardag was ze getrouwd, maar haar man belandde in de gevangenis en daarom werkte Bonnie in het restaurant. Het was geen erg chic restaurant en er kwamen bijna alleen maar mannen. En omdat Bonnie een mooi meisje was, met blonde krullen en een schattig gezicht, keken bijna alle mannen naar haar. De meesten maakten flauwe opmerkingen of probeerden in haar billen te knijpen, en dat haatte Bonnie. Er was wel één man, Ted, die altijd aardig was. Ted was politieagent en stiekem was hij verliefd op de jonge serveerster. Wat Ted toen nog niet wist, was dat er een dag zou komen waarop Bonnie in zijn armen zou sterven. Maar dat zou pas vijf jaar later zijn – nu bestelde hij gewoon nog koffie en gebakken eieren en lachte hij vriendelijk naar haar.

Niet ver van het restaurant stond een benzinepomp. Daar woonde de familie Barrow. Met hun acht kinderen woonden ze in een piepklein kamertje achter de toonbank. Ze waren straatarm en vaak gingen de twee oudste zonen, Buck en Clyde, uit stelen. Kleine inbraken, autodiefstallen – Buck en Clyde draaiden er hun hand niet voor om. Op een koude januariochtend in 1930 ging Clyde op bezoek bij de zus van een van zijn vrienden. De zus had haar arm gebroken en lag thuis op bed. 'Wat is dat voor geluid in de keuken?' vroeg Clyde. 'Dat is mijn vriendin Bonnie,' zei het meisje met de gebroken arm. 'Ze is in de keuken warme chocolademelk aan het maken. Ga haar maar even gedag zeggen.' Clyde was twintig en een knappe jongen met donker haar en een slimme, een beetje brutale blik. Bonnie was direct verliefd op hem toen ze hem zag, en Clyde kon zich niet herinneren dat hij ooit een leuker meisje had ontmoet.

Urenlang zaten ze in de keuken te praten, alsof ze waren vergeten dat hun gemeenschappelijke vriendin met haar gebroken arm in de andere kamer lag.

Clyde nodigde haar uit om met hem en zijn broer uit rijden te gaan. Ze hadden zojuist een prachtige auto gestolen en Clyde wilde indruk maken op Bonnie. Al snel weken Bonnie en Clyde niet meer van elkaars zijde. Met de misdaad ging het niet meer zo goed, want Clyde dacht meer aan zijn Bonnie dan aan hoe hij aan geld en spullen moest komen. Op een dag, nadat hij een winkelier had beroofd, zat Bonnie bij hem in de auto. Hij zette de auto langs de kant van de weg, gaf haar wat geld en vertelde haar dat ze zo ver mogelijk van hem weg moest gaan. Maar Bonnie wilde niet weg. Ze wilde bij hem blijven, ook als hij stelend en schietend door de wereld zou gaan. Clyde vond het goed en leerde Bonnie hoe ze geweren moest laden en hoe ze op de uitkijk moest staan als hij en zijn broer een bank overvielen. Toen broer Buck op een dag werd opgepakt en in de gevangenis kwam, bleven Bonnie en Clyde samen over. Ze sliepen in de auto en soms in het bos, verstopten zich in boerenschuren en huurden af en toe een huis waar ze wekenlang met de gordijnen dicht uitrustten van hun boevenbestaan.

Al snel waren ze de beroemdste boeven en bankovervallers van Amerika. In elke stad en in elk dorp hingen posters met daarop hun foto's en namen. Maar alleen de politie was echt op zoek, want alle andere mensen vonden het wel romantisch, zo'n jong stel op de vlucht voor de politie. En bovendien gaven Bonnie en Clyde een deel van hun gestolen geld aan hun arme familie, en dat maakte ze tot twee echte Robin Hoods.

Bonnie, die op school al prachtig kon schrijven, stuurde gedichten naar de krant over het leven van Bonnie en Clyde. Vaak stuurde ze ook een foto mee van hen tweeën samen, met hun armen om elkaar heen poserend voor een of andere dure, gestolen auto. Daarna beroofden ze weer gezellig samen een bank. Op alle foto's die er van Bonnie en Clyde bestaan is te zien hoeveel ze van elkaar hielden. Smoorverliefd, met een geweer in de hand, staan ze zoenend en smachtend op de foto's.

Talloze keren werden ze door de politie onder vuur genomen, maar altijd weer wisten ze te ontsnappen. Ze reden al schietend met hun auto dwars door versperringen en Clyde schoot nog wel eens een politieagent dood. Op een gegeven moment had hij er zoveel doodgeschoten, dat hij meer als een moordenaar dan als romantische boef werd gezien. Steeds vaker belden hoteleigenaren de politie als Bonnie en Clyde de nacht ergens doorbrachten en steeds vaker moesten ze midden in de nacht achtervolgd door de politie een dorp verlaten. Op een van hun vluchten stortte de auto in een ravijn en raakte Bonnie zwaargewond. Clyde stal een doktersauto met een tas vol pijnstillers en verband zodat hij Bonnie kon verzorgen. Maar Bonnie was ernstig gewond en uiteindelijk haalde Clyde haar zus. Bonnie was blij haar zus weer te zien, maar ze was bang dat ze niet lang meer te leven had. Daarom gaf ze haar zus een gedicht – het verhaal van Bonnie en Clyde – waarin ze schreef dat ze wist dat zij en Clyde op een dag zouden sterven, maar dat ze naast elkaar begraven zouden worden en dat dat het einde zou zijn van het liefdespaar Bonnie en Clyde.

Dat einde kwam steeds dichterbij. Nadat Clyde wat oude vrienden uit de gevangenis had bevrijd, kreeg hij niet alleen de politie achter zich aan, maar ook de gevangenisdirecteur. Die zwoer dat hij niet zou rusten voor hij Bonnie en Clyde te pakken had. De gevangenisdirecteur riep de hulp in van meneer Hamer, de beste en beroemdste vanger van misdadigers die er toen leefde. Meneer Hamer was al met pensioen, maar hij beloofde de gevangenisdirecteur dat hij nog één keer in actie zou komen. Hij riep de hulp in van de enige politieagent die precies wist hoe Bonnie en Clyde eruitzagen, die ze ook zou herkennen als ze vermomd met snorren en brillen ergens zouden rondlopen. Een politieagent die stiekem ook wel een beetje bewondering had voor de twee jonge bankovervallers: Ted, de agent die al verliefd was op Bonnie toen ze nog serveerster was. Hij ontdekte dat Bonnie en Clyde nooit de verjaardagen van hun familie oversloegen. Vlak voor een verjaardag reden ze dan langs het benzinestation van Clydes ouders en daar gooiden ze een fles uit het raam. Daarin zat een briefje met daarop de plek waar ze elkaar in het geheim zouden ontmoeten. Meneer Hamer en Ted kwamen er zo achter dat het verliefde stel binnenkort de verjaardag van Clydes moeder zou vieren op een weiland ergens in de buurt. Honderden politieagenten lagen daarna in de bosjes rond het weiland, klaar om te schieten. Maar toen de auto van Bonnie en Clyde aan kwam rijden, vol met picknickkleden en -manden, riep agent Ted Bonnies naam. Met gierende banden reden de twee weg, vanuit de zijramen schietend op de agenten die achter hen aan kwamen. En weer waren ze daarna onvindbaar.

'Als ik straks dood ben,' schreef Bonnie in een gedicht aan haar moeder, 'zeg dan nooit iets onaardigs over Clyde. Ik hou van hem en we kunnen nu niet meer anders.'

Op de ochtend van 23 mei 1934 reden Bonnie en Clyde in hun gloednieuwe gestolen Ford naar een dorp om boodschappen te halen. Op de terugweg zagen ze langs de kant van de weg de vrachtwagen staan van een vriend bij wie ze op dat moment logeerden. Het leek erop dat de vrachtwagen pech had, en Clyde ging wat langzamer rijden. Deze keer schoten meneer Hamer en Ted zonder te waarschuwen van achter de vrachtwagen op de verliefde boeven. Hun auto werd doorzeefd met kogels. Clyde was op slag dood, Bonnie stierf pas toen Ted de deur aan haar kant opendeed en haar opving in zijn armen.

Twintigduizend mensen kwamen naar de begrafenis van Bonnie, die niet naast haar Clyde werd begraven. 'De wereld wordt een beetje mooier door mensen zoals jij', staat er op haar grafsteen. Nog elk jaar vindt er in Amerika een Bonnie en Clyde-festival plaats waarbij mensen een bezoek brengen aan de plek waar ze stierven: de twee bankovervallers die zoveel van elkaar hielden.

Izzy LOVE

5

'Hé, Izzy,' zegt Tristan, die op woensdagmiddag in de pauze naast haar komt staan. Hij lacht zijn fantastische lach en kijkt haar zo vrolijk aan dat Isa zich afvraagt of ze zich soms vergist heeft toen ze dacht dat hij haar steeds ontweek, nu al een paar dagen.

'Hey, you,' zegt ze, zo achteloos mogelijk.

'Heb je zin om vanmiddag mee naar de film te gaan?' vraagt hij.

'Ja, leuk,' zegt Isa, die begint te vermoeden dat haar voodoospreuk echt heeft gewerkt. 'Maar waarom doe je eigenlijk zo raar?' vraagt ze.

Tristan kijkt scheel en schudt wild met zijn armen en hoofd. 'Bedoel je zo?'

'Nee, niet zo,' zegt Isa. 'Maar eerst doe je alsof je me niet herkent, dan stuur je me een sms en zeg je dat je me moet zien en daarna hoor ik helemaal niks meer van je. Ik ben je vriendinnetje, weet je nog?'

'O ja, dat is waar ook.'

Isa glimlacht, maar er is iets in zijn stem waardoor ze denkt dat hij het nog meent ook. Dat hij echt vergeten is dat ze zijn vriendinnetje is.

'Zie ik je na school dan?' vraagt hij, en hij kijkt haar weer net zo aan als vroeger, alsof er niemand anders op de wereld is behalve zij tweeën.

Isa wil haar hand op zijn arm leggen, maar ze durft het niet. Nog voor ze iets heeft kunnen zeggen, is hij weer weg.

'Kijk, kijk,' zegt Cato, die al die tijd vlak in de buurt heeft gestaan. 'Hij vindt je nog steeds leuk.'

'Ik moet je wat vertellen,' zegt Isa. 'Ik ben dat voodoopoppetje kwijt en daarom heb ik gisteravond een ander voodooritueel gedaan. Het was echt heel spooky! Toen ik klaar was, hoorde ik heel enge klopgeluiden. Eerst op de deur van mijn kamer, toen van onder mijn bed. Maar toch denk ik dat de voodoo gewerkt heeft, want Tristan heeft gevraagd of ik vanmiddag met hem naar de bioscoop ga.'

Cato kijkt haar aan. 'Je begint op mijn moeder te lijken met die gekke helderziende van haar,' zegt ze.

'Toch geloof ik erin,' zegt Isa. 'Vind je het niet *totally* bizar van dat kloppen? Dat ga ik dus nooit meer doen, zelfs niet als die voodoo echt zou werken.'

'Hallootjes,' zegt Sofie, die bij hen is komen staan. 'Gaan wij vanmiddag nog iets leuks doen samen?'

'O, sorry,' zegt Isa. 'Ik ga al naar de film met Tristan.'

'Mooi is dat,' zegt Sofie. 'Jij bent ook een vriendin van niks. Cato, zullen wij dan maar wat gaan doen vanmiddag?'

Wanneer Isa die middag na school met Tristan voor de bioscoop staat, voelt ze vlinders in haar buik. Wat is hij toch een ontzettend leuke jongen, denkt ze. Alles aan hem vindt ze leuk; zijn wilde bos met krullen, zijn brede lach, zijn lange slungelarmen en zelfs het gekke brilletje dat hij soms op heeft.

Isa is zo blij dat ze weer samen iets doen, dat het haar niet eens uitmaakt naar welke film ze gaan.

'Zullen we naar *Army of the Dead* gaan?' vraagt hij.

'Weet je waar die over gaat dan?'

'Dat is een soort *The Princess Diaries*, maar dan net een beetje anders.'

'Het is toch geen oorlogsfilm, hè?'

'Nee hoor,' zegt Tristan. 'Het is een zombiethriller voor alle leeftijden.'

'Ja, ja,' zegt Isa lachend. 'Weet je trouwens dat zombies echt bestaan?'

'Ik zie ze wel eens lopen als ik langs de begraafplaats kom.'

'Nee, serieus,' zegt Isa. 'Voodoopriesters spoten vroeger gif in bij mensen van wie ze wilden dat ze met de doden gingen praten. Door dat gif raakten ze verlamd en pas als ze tegengif kregen, konden ze zich weer bewegen. En die mensen werden dan zombies genoemd.'

'Cool. Ik moet je trouwens wat vertellen,' zegt hij, terwijl ze in de rij voor de popcornverkoper staan.

Isa voelt haar maag ineenkrimpen. Zijn stem klinkt opeens zo serieus.

'Ik denk dat we elkaar wat minder vaak zullen zien,' zegt hij.

'Maar zo vaak zien we elkaar toch niet?' vraagt Isa.

'Nee, maar ik ga je nóg minder zien.'

Isa snapt opeens hoe die zombies zich moeten voelen. Het lijkt wel alsof ze verlamd is. Haar armen hangen slap langs haar lichaam en het is alsof haar stem het ook niet meer doet.

'Waaróm wil je me niet meer zo vaak zien? Vind je me niet meer leuk?' vraagt Isa met een stem die niet meer als haar eigen stem klinkt.

'Ik maak het niet uit, hoor. Ik kan het niet echt zeggen, maar ik kan je gewoon niet meer zo vaak zien en je moet er ook maar niet meer over doorvragen. Ik kan het niet zo goed uitleggen.' Zonder haar aan te kijken geeft hij haar een grote bak met popcorn.

Gedachteloos pakt Isa de bak aan, maar haar armen zijn zo slap dat ze 'm gewoon uit haar handen laat vallen. Overal om haar heen ligt nu popcorn.

'Wat doe jij nou?' Tristan bukt zich om de popcorn weer terug in de bak te stoppen.

'Je gaat toch geen popcorn van de vloer eten?'

'Het heeft er maar heel even op gelegen,' zegt Tristan, die doorgaat met de popcorn op te rapen. 'Wil je er een?' vraagt hij, en hij houdt de bak voor haar neus.

'Ja, lekker.' Isa vist er een oud stukje kauwgom uit en gooit het in een plantenbak.

Tijdens de film kan Isa alleen maar denken aan hoe raar Tristan opeens weer doet. Het is net, denkt ze, alsof die voodoospreuk alleen 's ochtends heeft gewerkt. Wat bedoelt hij met dat hij haar minder vaak gaat zien? En waarom kan hij niet uitleggen wat hij bedoelt? Op het doek rent een vrouw gillend over een kerkhof, met achter haar aan een leger zombies. Het is gek, denkt Isa, dat ze dit soort films altijd heel eng vindt, maar nu doet het haar helemaal niks. Er kan nog zoveel bloed over het scherm spatten en er kunnen nog zoveel gillende vrouwen over een kerkhof rennen, het is net alsof ze naar een aflevering van *Sesamstraat* zit te kijken.

'Zullen we vanmiddag een filmmiddag houden?' vraagt Cato de volgende middag na school.

'Nee, sorry,' zegt Isa. 'Ik ga straks naar de bibliotheek om een boek over voodoo te halen.'

'Ga je weer klopgeesten oproepen?'

'Tristan wil me niet meer zien, zegt hij. Of in ieder geval, niet meer zo vaak. Hij doet er heel vaag over, maar ik weet zeker dat er iets aan de hand is. Ik ben heel bang dat hij het uit gaat maken. Daar móét ik wat aan doen.'

'Kun je die hele Tristan niet beter vergeten in plaats van al je tijd aan die suffe voodoo te besteden?' vraagt Cato.

'Het is niet suf. Ik weet zeker dat het werkt.'

'Ik zou maar oppassen,' zegt Cato, 'straks roep je allemaal gekke geesten op. Een vriendin van mijn moeder heeft dat gehad. Die ging, net als mijn moeder, naar Sandokan en toen heeft ze samen met hem de geest van haar overleden man opgeroepen. Die man zei zulke enge dingen, dat ze daarna opgenomen moest worden in een gekkenhuis.'

'Ik roep geen geesten op,' zegt Isa. 'Ik gebruik die voodoo alleen maar om te zorgen dat Tristan mij weer zo leuk gaat vinden dat hij het niet uit gaat maken.'

'Weet je,' zegt Cato een beetje bozig, 'volgens mij gaat hij het helemaal niet uitmaken. Je moet gewoon naar hem toe gaan en vragen waarom hij zo raar doet. Dan heb je tenminste weer tijd om met Sofie en mij door te brengen.'

'Dat heb ik 'm al gevraagd,' zegt Isa.

'Ja,' zegt Cato, 'maar je weet nog steeds niet waarom hij zo doet. Misschien haal je je maar wat in je hoofd. Je bent gisteren toch met hem naar de film geweest? Ik zou willen dat ik een vriendje had die me meenam naar de bioscoop. Maar ik heb geen vriendje, dus moet jij maar eens met mij naar de film. Maar nee, jij moet zo nodig voodoo'en. Laat maar weten wanneer je weer tijd voor mij hebt.'

'Ik breng heel veel tijd met jou door,' zegt Isa.

'Jij kunt alleen nog maar aan Tristan denken. Je hebt mij helemaal niet meer nodig,' zegt Cato, en ze loopt met grote passen naar haar fiets.

Fijn, denkt Isa, eerst een vriendje dat raar tegen me doet en nu ook nog mijn beste vriendin die stom doet.

Boos fietst ze naar de bibliotheek. De bibliotheek is in een grote, oude witte villa in het centrum van de stad. Er is een houten vloer die altijd vreselijk kraakt als je erop loopt en iedereen fluistert er. Achter de balie zit een vrouw voor wie Isa altijd een beetje bang is. Ze heeft een bril aan een ketting om haar nek hangen en als Isa haar boeken bij haar komt inleveren, zet ze haar bril op en bestudeert ze altijd alle titels van de boeken. 'Zo,' zegt ze dan, 'ben je niet veel te oud om nog zo'n kinderachtig boek te lezen?'

Isa vindt dat de mevrouw van de bibliotheek niet eens zou

mogen kijken naar welke boeken ze leent. Er is ook een bibliotheek bij school in de buurt. Daar houd je je boeken gewoon onder een scanner en ziet niemand wat je leent. Maar het nadeel is dat ze er heel weinig leuke boeken hebben.

In deze bibliotheek hebben ze zelfs geen computer waarmee je een boek kunt opzoeken. Er staat een grote kast met laatjes waarin duizenden witte, getypte kaartjes zitten. Bij de V van 'voodoo' vindt Isa helemaal niets.

'Mag ik u wat vragen?' vraagt ze aan de bibliothecaresse.

'Ja hoor,' zegt de vrouw, zonder ook maar een seconde op te kijken van waar ze mee bezig is.

'Waar staan de voodooboeken?' vraagt Isa.

'In die kast daar, naast de V van voetbalboeken,' zegt de vrouw, die Isa nu spottend aankijkt over de rand van haar bril.

'En waar vind ik die kast?' vraagt Isa.

'Wat denk je?' vraagt de vrouw. 'Denk je echt dat we hier een kast met voodooboeken hebben?'

'Dat kan toch,' zegt Isa een beetje bedremmeld.

'Kom mee,' zegt de vrouw. Ze zet een bordje met de tekst BEN ZO WEER TERUG op de balie en loopt met grote passen naar de hoek van de grote zaal. Achterin is een deur waarop een bordje staat met de tekst ALLEEN OP AFSPRAAK.

Met een sleutel maakt de bibliothecaresse de deur open. Erachter is een klein kamertje met versleten groene tapijttegels op de vloer en met vergeelde muren. Rondom staan hoge houten boekenkasten met glazen deuren. Het ruikt er vreemd, vindt Isa. Een beetje stoffig en vochtig.

'Kijk, hier heb ik wat,' zegt de vrouw, en ze haalt een boek met een rode leren kaft van de onderste plank. '*Voodoospreuken door dokter Snake.*'

Isa wil het boek aannemen, maar de vrouw trekt het terug en drukt het tegen haar borst aan. 'Boeken uit deze kamer mogen niet uitgeleend worden,' zegt ze streng.

Even later zit Isa aan de houten tafel in het midden van de kamer door het voodooboek van dokter Snake te bladeren. Plotseling valt haar oog op een hoofdstuk over het terugwinnen van een geliefde. Een niet ongevaarlijke maar altijd werkende methode, volgens de schrijver. Zo snel als ze kan schrijft Isa alles over wat er in het hoofdstuk staat. Wanneer die enge bibliothecaresse komt vertellen dat de bibliotheek gaat sluiten, is Isa net klaar met schrijven. Ze stopt de volgeschreven velletjes papier in haar tas en fietst snel naar huis.

Aan: Izzy@izzylove.nl
Onderwerp: In looooooove

Hallo Izzy,
Ik ben een trouwe bloglezer en nu wil ik je wat vragen. Ik ben verliefd op een jongen en ik wil het hem wel zeggen, maar ik durf niet zo goed. Wat moet ik doen?

Groeten van een trouwe lezeres (Zoef)

Aan: zoef@telenet.be
Onderwerp: Re: In looooooove

Hoi Zoef,

Op mijn site staan een heleboel tips over hoe je dat tegen een jongen moet zeggen. Maar sommige jongens vinden het ook een beetje eng als je het zomaar tegen ze zegt. Dan weten ze niet goed wat ze ermee aan moeten. Beter is om eerst op een andere manier aan die jongen duidelijk te maken dat je hem leuk vindt. Dus zoveel mogelijk bij hem in de buurt zijn, vragen waar hij die leuke schoenen (jas, tas of iets anders) heeft gekocht, vragen naar welke muziek hij luistert, of hij nog muziektips voor je heeft. Jongens houden er vaak van om muzieklijsten samen te stellen. Eigenlijk maakt het niet uit wat je hem vraagt, als je maar zorgt dat hij iets voor je doet. Elke keer wanneer je hem ziet naar hem lachen helpt ook. En als hij dan een beetje doorheeft dat je hem leuk vindt, kun je altijd je beste vriendin nog inschakelen. Vraag of zij een briefje aan hem wil geven met de tekst: mijn vriendin vindt jou leuk. Hopelijk vraagt hij dan aan haar welke vriendin zij bedoelt.
Ik hoop dat je er wat aan hebt!

Veel succes,
Izzylove

PS Ik kreeg ook nog een tip van Minke, een lezeres van mijn site. Die schrijft dit (ik knip/plak even):

Tip voor als je iemand verkering wilt vragen en je hebt een broer(tje) of zus(je):

MSN/andere maildingen:

Jij: Brb, effe drinken pakken
Hij: Oké
Jij: ff wachten...
(1 minuut of zo)
Jij: Wil je met me?
Hij: Ja! (Heb je geluk!) / Nee (jammer)
Jij: (3 minuten later) Bew, waat?! ik heb je niet gevraagd, sorry was dat irritante broertje van me :(
(maar alleen als hij 'nee' heeft gezegd ☺)

Aan: Izzy@izzylove.nl
Onderwerp: hellepie

Hoi,
Ik ben superverliefd op een jongen maar durf het niet tegen hem te zeggen en hij durft het ook niet tegen mijn vriendinnen te zeggen want ze waren het gaan vragen. Wat moet ik nu doen?

xxxx K-eet

Aan: Kate@home.nl
Onderwerp: Re: hellepie

Hoi, je hoeft het niet te zeggen hoor. Jongens vinden het vaak heel eng als je het zomaar tegen ze zegt. Veel beter is de tactiek van de omtrekkende beweging, dus met een grote boog om hem heen cirkelen en dan steeds dichterbij komen. En elke keer wanneer je hem ziet vriendelijk naar hem lachen. Per ongeluk zijn arm aanraken en altijd 'hoi' zeggen. En tegen je vriendinnen staalhard blijven ontkennen dat je hem leuk vindt. De meeste jongens en meisjes zijn wel gevleid als ze merken dat iemand verliefd op ze is. Maar als iemand dat te veel laat merken is het ook weer niet spannend. Een beetje mysterieus doen kan nooit kwaad.

Izzylove

Aan: Izzy@izzylove.nl
Onderwerp: Re: hellepie

Oké, dank je.
PS ik was net even buiten en toen hebben we staan praten maar toen ik het wilde zeggen kwam net iemand anders erbij staan en ik wil zooooo graag verkering met hem!
xxx

Aan: Kate@home.nl
Onderwerp: Re: hellepie

Hoi, ik zou het niet te snel zeggen als ik jou was. Eerst wat vaker met hem praten, om al zijn grapjes lachen, vragen waar hij die leuke schoenen/jas of zoiets heeft gekocht en gewoon laten merken dat je hem leuk vindt. Na een tijdje kun je altijd nog een berichtje sturen met de tekst: Als ik zeg dat ik je leuk vind, zeg je dan: a. Leuk, b. Niet leuk, c. Heeeeeeel erg leuk d. Niet zo leuk, e. Eh...? of f. Ik moet er nog even over nadenken, maar ik beloof dat ik er voor het eind van het jaar op terugkom. Succes!!

Izzylove

6

Zo makkelijk als Isa het vindt om anderen advies te geven, zo moeilijk vindt ze het om orde in haar eigen leven te krijgen. Haar enige hoop op dit moment is dokter Snake.

> Wie het hart van een geliefde wil winnen, moet bij volle maan op een kruising van wegen gaan staan. Wie een nieuwe liefde wil veroveren, keert zijn gezicht naar het oosten. Wie een oude liefde wil behouden, kijkt alleen naar het westen.

Isa is bang dat ze de volle maan al heeft gemist, maar wanneer ze het op internet opzoekt, ziet ze tot haar blijdschap dat het vanavond echt volle maan is.

> Vraag je om een grote gunst, richt je dan tot de geest van de nacht. De maan is zijn symbool. Hij houdt zich graag op bij kruispunten. De plek waar twee wegen elkaar kruisen is een belangrijke plek omdat hier het aardse leven en het hiernamaals elkaar kruisen. De geest van de nacht heeft soms kwaad in de zin. Kom je op de kruising Legba tegen, een andere geest, dan moet je nog meer op je hoede zijn, want Legba is een grapjas. Hij vindt het leuk om mensen voor de gek te houden en alles anders te laten lopen dan je bedoeld hebt.

Isa leest het nog eens door. Ze moet bij volle maan op een kruising gaan staan en zichzelf in trance brengen. Een beetje alsof ze zichzelf hypnotiseert, door heel diep in en uit te ademen en daarbij tot 113 te tellen, het getal van de maan. Daarna moet ze zich wikkelen in een kledingstuk van de jongen wiens liefde ze wil terugwinnen. Isa heeft wel eens een trui van Tristan geleend, maar die heeft ze helaas weer teruggegeven. Gelukkig heeft ze wel een groene wollen das die hij een keer heeft laten liggen en die ze toen stiekem verstopt heeft omdat die zo lekker naar hem rook. Heel af en toe haalt ze de das uit een plastic tasje achter in haar kledingkast en ruikt ze eraan. Helaas is de lucht van wasverzachter die altijd als een wolkje om hem heen hangt, bijna uit de das verdwenen. Nu ze een kledingstuk heeft, is er nog maar één HKP (Heel Klein Probleempje): haar ouders vinden het waarschijnlijk geen erg goed idee als ze midden in de nacht ergens op een kruispunt gaat staan met haar ogen dicht. Maar gelukkig zijn de voodoogeesten haar vandaag gunstig gezind, want nog voor Isa heeft bedacht hoe ze via haar balkon naar beneden kan klimmen, komt haar moeder haar kamer in.

'Isa,' zegt ze, 'mag ik je om een heel grote gunst vragen?'

'Ja hoor,' zegt Isa.

'Je vader en ik willen vanavond naar de film, maar we hebben geen oppas. Zou jij twee uurtjes op je broertje willen passen?'

Isa moet haar best doen om niet heel hard *yes* te roepen. 'Ja hoor, dat wil ik wel doen,' zegt ze zo gewoon mogelijk. 'Krijg ik dan ook oppasgeld?'

Haar moeder slaat een arm om haar heen en geeft haar een zoen. 'Dank je wel. Je krijgt vijf euro. Is dat goed?'

'Per uur?' vraagt Isa, die zelfs geld zou willen betálen om haar ouders vanavond het huis uit te krijgen, al moet ze dat nu natuurlijk niet laten blijken.

'Nee, grapjas. Per minuut.'

'Dank je wel hoor, lieverd,' zegt haar moeder wanneer ze na het eten met haar jas aan bij de voordeur staat. 'En als er iets is, kun je me altijd een sms'je sturen. Ik heb in de bioscoop mijn mobiel op stil staan, maar sms'jes kan ik altijd lezen.'

'Ga nou maar,' zegt Isa, 'straks komen jullie nog te laat.'

'Zal je ons missen?' vraagt haar vader.

'Ik mis jullie nu al,' zegt Isa. 'Ga nou maar snel weg, daaaahaag.'

Toeterend rijden haar ouders daarna de straat uit. Tot ver voorbij de hoek hoort Isa haar vader nog deuntjes op de autotoeter spelen.

Isa kijkt op de klok in de gang en roept Max. Nu moet ze hem zo snel mogelijk in bed en in slaap krijgen.

'Wil je in bad?' vraagt ze zo lief mogelijk aan hem.

'Joepie, in bad,' zegt Max en hij rent al de trap op.

Terwijl hij zich uitkleedt, laat Isa het bad vollopen. Hoe warmer het water, hoe slaperiger hij straks wordt. Ze draait de warme kraan voluit open en doet er een miezerig klein straaltje koud water bij. Voorzichtig voelt ze met de rug van haar hand of het water niet te heet is.

'Au,' roept Max, die in het water stapt. 'Het is veel te heet.'

'Nee joh,' zegt Isa, 'dat is lekker. Daar slaap je goed van.'

In het badkamerkastje vindt Isa een fles badolie. GECONCENTREERDE LINDEBLOESEMOLIE VOOR EEN GOEDE NACHTRUST staat er op het etiket, VOEG EEN PAAR DRUPPELS TOE AAN HET BADWATER. Isa schroeft het dopje van de fles en giet de hele inhoud in het bad.

'Gatver,' gilt Max, 'het water wordt helemaal oranje.'

'Zal ik er ook nog wat schuim bij doen?' vraagt Isa lief.

Max knikt. 'Ik wil heel veel schuim,' zegt hij.

Isa pakt een fles babybadschuim en knijpt ook die leeg in het water. Max verdwijnt bijna in een berg oranje schuimvlokken.

Wanneer Isa hem even later uit bad haalt, is zijn gezicht zo rood als een tomaat. De badkamer is door het hete badwater een soort stoombad geworden en Isa voelt zich zelf nu ook een beetje slaperig worden.

'Heb je zin in een beker warme melk?' vraagt Isa poeslief wanneer haar broertje in bed ligt.

'Lekker,' zegt Max, die haar klaarwakker aankijkt.

Isa kijkt op de wekker. Er is al een halfuur voorbij. Ze heeft nog maar anderhalf uur voor haar ouders terugkomen. Als ze pech heeft, blijft Max tot die tijd wakker. Snel gaat ze naar de keuken, warmt een beker melk op in de magnetron, pakt een fles cognac en giet een heel klein beetje alcohol in de warme melk. Als mijn ouders hierachter komen, denkt Isa, heb ik vast huisarrest tot mijn tachtigste.

Als Max even later slaapt trekt ze heel stil de deur achter zich dicht. Ze loopt naar het pleintje aan het eind van de straat. Hoewel de maan de straat verlicht, vindt Isa het toch nog akelig donker. Ze voelt haar hart bonken in haar borstkas. Wanneer twee jongens in zwarte parka's haar grinnikend tegemoetkomen, heeft ze zin om zich om te draaien en keihard naar huis te rennen. Ik moet dapper zijn, denkt Isa. Het enige wat ze hoeft te doen is tot 113 tellen en dan mag ze weer terug.

Met haar rug gaat ze tegen een huis staan op de hoek van haar straat en de zijstraat, maar op de een of andere manier voelt het niet alsof ze op een kruising staat. Doodsbang voor engerds die opeens uit de bosjes kunnen springen of mannen met een panty over hun hoofd die haar in de kofferbak van hun auto zullen stoppen loopt ze nog een blok verder. Daar is een kruispunt met in het midden een vluchtstrook. Overdag is het hier druk, maar nu is er bijna geen verkeer. Isa gaat op de vluchtheuvel staan en ademt diep in. Ze kijkt naar de volle maan, die als een gele bal boven de bomen van het park staat, daar waar Isa 's ochtends altijd tegen de zon in moet kijken als ze naar school fietst. Met haar ogen op de maan gericht begint ze langzaam door haar neus te ademen. De koude avondlucht kriebelt in haar neus. Bij elke ademhaling telt ze langzaam mee. Een-twee-drie-*adem-uit*-vier-vijf-zes-*adem-in*. Hoewel haar hart nog steeds als een gek in haar borstkas bonkt, voelt ze zich wel rustiger worden. Een glimmende, donkere auto rijdt langs haar en toetert hard. Isa springt bijna de lucht in van schrik. Maar de auto stopt niet en er stappen ook geen mannen met panty's over hun hoofd uit. Isa doet haar ogen dicht en hoort haar hart nu kloppen in haar oren. Ze denkt aan Tristan en telt heel snel tot 113, het getal van de maan. Precies wanneer ze haar ogen weer opendoet, stopt er een oude Mercedes voor haar. Een man achter het stuur gooit het portier aan haar kant open en zegt met een zware stem: 'Instappen jij.'

Van schrik laat Isa Tristans sjaal op straat vallen.

test

Test je vriendschap

Wil je weten hoe belangrijk jouw vrienden voor je zijn, pak dan kleurpotloden en papier en doe de test.
Teken met kleurpotloden of stiften drie bloemen van verschillende lengte. Bloem 1 is de langste, bloem 3 de kortste. Maak de bloemen zo gek of mooi als je wilt. Teken op een van de bloemen een vlinder. Heb je de bloemen getekend, kijk dan hieronder wat je tekening betekent.

Bloem 1 is je leven thuis, bloem 2 staat symbool voor vriendschap en bloem 3 is je leven op school. De bloem waar je de vlinder op hebt getekend is waar je je het prettigst voelt. De bloem met de meeste kleur is de plek waar je het meeste plezier hebt en de bloem die blaadjes of zijtakken heeft, is de plek waar je nog zult groeien.

7

'Het spijt me dat ik je heb laten schrikken,' zegt Jack, die zijn auto aan de overkant van de straat in een parkeervak heeft gezet. 'Ik zag niet dat je je ogen dicht had. Ik dacht dat je me wel zou herkennen.'

Isa zit op de stoel voor in de Mercedes en trilt over haar hele lichaam.

'Hier,' zegt Jack, en hij pakt een blauw jasje van de achterbank.

Isa trekt het jasje aan, maar het rillen gaat gewoon door.

'Wat doe je nou 's avonds zo laat op straat met je ogen dicht?' vraagt Jack.

'Dat mag ik niet zeggen,' zegt Isa.

'Van wie mag dat niet?' vraagt Jack.

'Van mezelf niet,' zegt Isa.

'Ik beloof je dat ik niks tegen je ouders zal zeggen,' zegt Jack. 'En ook niet tegen Jules.'

Nee, denkt ze, zeker niets tegen Jules zeggen. Ze zou zich doodschamen als hij wist wat voor gekke dingen zij doet om de liefde van Tristan terug te winnen. Zouden jongens ook dit soort wanhopige acties doen? vraagt ze zich af.

'Oké,' zegt Jack. 'Ik breng je naar huis en ik zal niets tegen je ouders zeggen, maar dan moet jij me beloven dat je nooit meer in het donker zonder jas midden op straat gaat staan met je ogen dicht.'

Isa knikt. Ze trekt het jasje hoog op tegen haar kin. Het ruikt lekker, vindt ze.

Thuis kijkt ze nog snel in de kamer van Max, die zachtjes snurkt.

De volgende ochtend fietst Isa zingend naar school. Ze is laat, dus ze moet hard doortrappen, maar ze is zo vrolijk dat het fietsen bijna vanzelf gaat. 'Lieve, mooie, onweerstaanbare, geweldige, supersnoezige, razend grappige, überprachtige Tristan,' zegt Isa zachtjes tegen zichzelf. Vandaag zal alles weer zijn zoals vroeger, denkt ze. Als dat voodooritueel van gisteravond echt heeft gewerkt, dan zegt hij dat hij zich vergist heeft en dat hij in plaats van haar minder te zien, haar juist vaker wil zien. Niet alleen op alle schooldagen, maar elke dag. Dan gaat ze samen met hem weer naar dat huisje aan zee, waar hun liefde ooit begon, en dan rennen ze hand in hand langs het water. En als ze moe zijn van het rennen, laten ze zich op het strand vallen en schrijven ze hun namen in het zand.

'Waar was je nou?' hoort Isa opeens een stem vlak naast zich.

Ze kijkt op. Weg is haar fijne droom. Welkom in de echte wereld, denkt ze. Cato staat bij het fietsenrek en kijkt haar geërgerd aan.

'Sofie en ik hebben heel lang op je staan wachten om samen naar school te fietsen.'

'Sorry,' zegt Isa. 'Ik was te laat omdat mijn moeder te laat was met ontbijt maken omdat Max maar niet wakker wilde worden vanochtend.'

'Weet je,' zegt Cato, en haar stem klinkt nu heel serieus. 'Het gaat niet om deze ene keer, het is net alsof je er de laatste tijd helemaal niet meer bij bent met je hoofd. Je wilt nooit meer iets leuks doen met Sofie en mij, en je bent de hele tijd maar bezig met dat stomme gevoodoo. Denk je dat het voor mij leuk is om zo'n spiriwiri-moeder te hebben? Als ik haar wat wil vragen, moet ze eerst de stand van de sterren raadplegen voor ze me antwoord kan geven, of die rare helderziende van haar bellen. En nu heb ik ook nog een spiriwiri-vriendin.'

Isa kijkt naar haar vriendin en ziet dat haar ogen helemaal rood zijn. 'Zal ik vanmiddag na school met je meegaan naar huis?' vraagt Isa.

'Oké,' zegt Cato. 'Maar nu moeten we naar binnen.' Met grote stappen loopt ze over het schoolplein.

'Vriendinnen?' vraagt Isa.

Cato draait zich niet om, maar gebaart met haar hand dat Isa haar moet volgen.

Vlak voor de bel gaat, lopen ze het klaslokaal in.

'Ga snel zitten, meisjes,' zegt de meester. 'We beginnen met de geschiedenisoverhoring.'

O nee, denkt Isa. Dat hoofdstuk over die Egyptische Hatsjepsoet is ze helemaal vergeten te leren. In plaats van zich te verdiepen in dode farao's heeft ze alleen maar dode geesten opgeroepen. Terwijl de meester de blaadjes uitdeelt, kijkt ze om zich heen. Tristan is er niet. Maar had hij niet tegen de meester gezegd dat hij er vandaag niet zou zijn omdat hij ergens heen moest?

'Staan alle telefoons uit?' vraagt de meester.

Isa pakt haar mobieltje en ziet dat ze twee berichtjes van Tristan heeft gekregen. Haar hart begint sneller te kloppen. Alles komt goed, denkt ze. Nee, alles ís al goed. Wanneer ze ziet dat de meester naar haar kijkt, zet ze snel het geluid van haar telefoon uit en begint ze aan de geschiedenisvragen. Ze verzint korte antwoorden om zo snel mogelijk klaar te zijn. Ze heeft het niet geleerd, dus ze krijgt toch een één.

Wanneer ze klaar is, mag ze op de gang wachten. Met trillende vingers opent ze het eerste berichtje van Tristan.

Izzy, sorry van woensdag. Ik had het je moeten uitleggen.
Vergeet niet dat je altijd mijn vriendinnetje zult zijn. XTRZTN

Isabellastrombolovyou, ik ben vandaag niet op school.
Kunnen we vanmiddag afspreken pleazzzzzze??? XT

Isa wil heel hard gillen. Gillen van blijdschap, omdat haar voodoo-experiment heeft gewerkt. Omdat hij gewoon nog steeds van haar houdt en zij van hem. Ze wil hem meteen een bericht terugsturen, maar bedenkt zich dan opeens dat ze net nog Cato beloofd heeft om met haar af te spreken vanmiddag. Twee stemmetjes in haar hoofd schreeuwen haar toe. 'Tristan is je vriendje,' roept het ene stemmetje. 'Cato is je beste vriendin,' roept het andere stemmetje. Tristan-Cato-Tristan-

Cato, galmt het in haar hoofd. Isa weet niet wat ze moet doen en staart naar het schermpje van haar telefoon. Tristan, denkt ze. 'Nee,' zegt dat andere stemmetje in haar hoofd. 'Cato.'

Precies op dat moment komt Cato de gang op. 'Wat was jij snel klaar,' zegt Cato.

'Ik had het niet geleerd,' zegt Isa. Snel stuurt ze een berichtje naar Tristan.

Sorry, sorry, sorry, ik heb al met Kto afgesproken. Heb je zin om vanavond om zes uur bij mij thuis af te spreken?

nieuws

10 dingen om te doen met vrienden/vriendinnen

1. Koop in de speelgoedwinkel een opblaasbadje, zet het in de tuin (of in een park) en nodig al je vrienden uit voor een 'pool party'.
2. Houd een griezelfilmavond. Huur de vijf allerengste films op dvd die je kunt vinden. Doe alle lichten uit, de gordijnen dicht en griezelen maar.
3. Schrijf samen een boek. Schrijf om de beurt een hoofdstuk en kijk hoe het verhaal wordt.
4. Wees toerist in eigen land. Breng de hele dag door in je eigen dorp, stad of land en doe alsof jullie buitenlandse toeristen zijn. Doe alle dingen die toeristen zouden doen en maak de hele dag foto's van elkaar alsof jullie toeristen zijn. Stuur ansichtkaarten naar je familie en vrienden.
5. Maak een willekeurige wandeling door de buurt met een dobbelsteen. Gooi bij elke hoek met de dobbelsteen. Bij een even getal ga je rechtsaf, bij een oneven getal linksaf.

6. Ga naar de bibliotheek, pak een kookboek met je ogen dicht en open het op het paginanummer dat gelijk is aan jullie leeftijden bij elkaar opgeteld. Maak een fotokopie of schrijf het recept over, en ga naar huis om dat gerecht te maken. Je zult zien dat je ouders ook heel verrast zijn als je opeens gevulde kwarteleieren op tafel zet.
7. Houd een badmintoncompetitie met al je vrienden. Span een stuk touw tussen twee bomen en speel enkel- of dubbelcompetitie.
8. Kamperen in de tuin. Zet tenten op in de tuin van je ouders (en als die geen tuin hebben in de tuin van de buren of familieleden) en breng de nacht buiten in je tent door. Net zo leuk als echt kamperen, maar dan nog leuker.
9. Nodig je leukste vrienden uit voor een chic diner. Laat iedereen een gerecht meenemen, dek de tafel met een tafelkleed, mooi servies en een bos verse bloemen en vraag je ouders om die avond ergens anders te eten.
10. Organiseer voor de televisie thuis een voetbalavond voor een rare wedstrijd. Een oefenwedstrijd IJsland-Japan bijvoorbeeld. Verdeel je vrienden bij binnenkomst in twee groepen door ze te vertellen of ze voor IJsland of voor Japan moeten zijn. Zorg voor Japanse zoutjes en IJslandse drankjes (iets kouds) en moedig je eigen team zoveel mogelijk aan.

8

'Wat zijn jullie vroeg thuis,' zegt Cato's moeder. Ze zit in kleermakerszit op de bank. Haar lange haar hangt in twee losse vlechten over haar schouders en ze heeft knalrode lippenstift op. Haar wangen zijn roze alsof ze een beetje bloost.

'Dag Cato,' zegt de man die naast Cato's moeder op de bank zit. Hij heeft een wit pak aan met gouden manchetten. Hij glimlacht naar Isa. Isa glimlacht terug.

'Wie is dat?' vraagt ze fluisterend aan Cato wanneer ze in de keuken boterhammen smeren.

'Dat is gekke Henkie.'

'De helderziende?' vraagt Isa.

'Ja, Sandokan. Die is hier steeds vaker als ik uit school kom. Hij helpt mijn moeder met haar aura, geloof ik. Ontzettende sukkel, die man.'

'Hij ziet er wel een beetje *wacko* uit,' zegt Isa.

'Komen jullie een kopje thee drinken?' vraagt Cato's moeder vanuit de woonkamer.

'Heb je zin in een kopje toverthee?' vraagt Cato aan Isa.

'Hm, lekker,' zegt Isa. Ze schieten in de lach en nemen hun stapel boterhammen mee naar binnen.

'Was het leuk op school?' vraagt Cato's moeder.

'We hadden een overhoring over Hatsjepsoet,' zegt Cato.

'Ah, de voodookoningin,' zegt Sandokan.

Isa verslikt zich bijna in haar boterham. 'Voodoo?' vraagt ze.

'Voodoo is ontstaan in Egypte,' zegt Sandokan, 'en vandaar via Nigeria door de slaven mee naar Haïti en het zuiden van Amerika gebracht.'

'Wat weet jij toch veel,' zegt Cato's moeder tegen hem, en haar wangen kleuren nog roder.

'Maar wat heeft Hatsjepsoet daar dan mee te maken?' vraagt Isa.

'Hatsjepsoet was de eerste vrouwelijke farao,' zegt Sandokan. 'Er is niet zoveel bekend over haar leven, behalve dat ze een geheime relatie had met de hoogste voodoopriester in Egypte.'

'Nou, dat is dan niet zo geheim meer,' zegt Cato.

Sandokan doet alsof hij haar niet heeft gehoord en vertelt verder. 'In Egypte waren veel voodoorituelen heel erg geheim. Sommige van die geheimen zijn nu, 3500 jaar later, alleen bekend bij heel geheime voodoogenootschappen op Haïti.'

'Grappig dat jij ze ook weet,' zegt Cato, en ze kijkt vernietigend naar hem.

'Ik zeg niet dat ik ze weet,' zegt Sandokan zonder Cato aan te kijken, 'ik zeg alleen dat ik erover gehoord heb. De Egyptenaren waren de eersten die voodoobeeldjes maakten van was en klei. En Hatsjepsoet wist heel veel over voodoo. Ze had een broer die haar graag van de troon wilde stoten, en ze kon die voodoorituelen goed gebruiken om dat te voorkomen. De spreuken en rituelen die zij samen met haar minnaar bedacht, waren zo krachtig dat ze daarna alleen door een heel kleine groep voodoopriesters werden gebruikt. Duizenden jaren lang hebben ze de spreuken van Hatsjepsoet geheim weten te houden. Op dit moment is er maar één geheim genootschap op Haïti dat de spreuken kent.'

'Lekker boeiend,' zegt Cato.

'Cato, ga jij maar even naar je kamer,' zegt haar moeder, en ze kijkt haar dochter streng aan.

Cato staat op en zet haar lege bord met een klap op tafel. 'Ga je mee?' vraagt ze aan Isa.

'Nee, ik wil nog even luisteren,' zegt Isa verontschuldigend. Ze kan niet geloven dat ze iemand heeft ontmoet die zoveel over voodoo weet.

Cato kijkt haar boos aan en loopt dan de kamer uit.

'Sorry voor dit gekke gedrag,' zegt Cato's moeder en ze kijkt verontschuldigend naar Sandokan, die nu in kleermakerszit op de bank is gaan zitten.

'Mag ik wat vragen?' Isa kijkt naar Sandokan, die er eigenlijk best aardig uitziet.

'Als ik er antwoord op weet,' zegt Sandokan. Hij glimlacht met zijn ogen dicht.

'Kent u niet toevallig een van die Hatsjepsoet-spreuken?'

'Ze zijn geheim, maar ik heb natuurlijk mijn bronnen,' zegt Sandokan, nog steeds met zijn ogen gesloten.

'Hij weet zoveel,' zucht Cato's moeder, die haar ogen niet van de helderziende af kan houden.

'Waar heb je het voor nodig?' vraagt Sandokan.

Isa voelt dat ze nu net zo rood wordt als Cato's moeder.

'Eh...' Ze kan hier toch niet over Tristan vertellen, waar de moeder van haar vriendin bij is? Dat is iets wat ze alleen met haar beste vriendin bespreekt, niet met de móéder van haar vriendin.

'Is het de liefde?' vraagt Sandokan.

Isa knikt.

'De belangrijkste godin in het oude Egypte was Isis, de godin van de vruchtbaarheid en beschermster van de vrouwen. In de voodoo kennen ze haar als Yemaya. Ze verbindt de zee en de maan. Als je de liefde van een man wilt, draag je zeven rokken over elkaar, het symbool van de zeven oceanen van Yemaya. Als je dat doet en de man van je keuze recht in de ogen kijkt, zal hij geen weerstand aan je kunnen bieden.'

Plotseling klinkt er keiharde muziek uit Cato's kamer. Muziek die haar vader heeft gemaakt. De muziek staat zo hard dat de theekopjes op tafel beginnen te trillen.

'Cato!' roept Cato's moeder. 'Zet ogenblikkelijk die muziek uit!'

Cato zet haar muziek nu nóg harder.

Haar moeder staat op van de bank en loopt met grote stappen de kamer uit.

'Ik ga wel even naar haar toe,' zegt Isa tegen Sandokan. Ze staat ook op en loopt snel achter Cato's moeder aan.

'Ik wil jullie niet meer zien. Stomme heksen,' roept Cato, wanneer Isa en Cato's moeder in de deuropening van haar kamer staan.

'Ik denk dat je beter naar huis kunt gaan,' zegt Cato's moeder tegen Isa. 'Ik denk dat ze even alleen moet zijn.'

Isa kijkt naar haar vriendin en trekt haar schouders op. Sorry, wil ze zeggen, maar op de een of andere manier denkt ze niet dat dit het juiste moment is. Ze pakt haar jas van de kapstok en loopt naar de voordeur, maar is even vergeten hoe die ook alweer opengaat.

'Je moet op de knop drukken,' zegt Cato's moeder.

Stomme deur, denkt Isa. 'Dag,' zegt ze zacht.

Niemand antwoordt.

Aan: Izzy@izzylove.nl
Onderwerp: hellup!

Hé Izzy,

Ik lees altijd je tips op je website en nu heb ik een vraag. Ik ben al twee jaar smoor op mijn buurmeisje, maar ze zegt dat ze al een vriendje heeft, maar volgens mij is dat niet waar, want ik kijk de hele dag naar de overkant van de straat en ik zie haar altijd alleen of met haar vriendinnen. Hellup, wat moet ik doen?

Radeloze Sem

Aan: Sem@semtex.nl
Onderwerp: Re: hellup!

Radeloze Sem,

Als zij zegt dat zij al iets met een ander heeft, dan doet het er eigenlijk niet toe of het waar is of niet. Het feit dat ze het zegt betekent volgens mij dat je buurmeisje niet zo verliefd op jou is als jij op haar. Meisjes vinden het soms moeilijk om een jongen recht in zijn gezicht te zeggen dat ze niet verliefd zijn, dus doen ze dat via een klein omweggetje. Ik snap dat je zo lang op je buurmeisje verliefd kunt zijn. Sommige meisjes zijn nu eenmaal heeeeeeel erg leuk. Maar nog leuker is verliefd worden op een meisje dat jou ook helemaal te gek vindt. Dus probeer haar te vergeten (of vraag je ouders om te verhuizen naar een plek met nieuwe buurmeisjes...)

Suc6
Izzylove

9

Isa staat voor de spiegel in haar kamer. Ze ziet eruit als een zigeunerin, vindt ze. Ze heeft al haar zes rokken over elkaar aangetrokken en daaroverheen een felroze rok van haar moeder gedaan. Ze had gehoopt dat ze er iets minder als een ballon op pootjes uit zou zien. Minutenlang staart ze naar de roze-ballonversie van haarzelf in de spiegel. Hatsjepsoet had vast flinterdunne rokken van zijde, waardoor ze er een stuk eleganter uitzag, vermoedt Isa.

Ze kan zich niet voorstellen dat Tristan weer op slag stapelverliefd op haar is als hij haar zo ziet. Ze heeft na haar laatste sms'je aan hem niets meer van hem gehoord, maar ze weet zeker dat hij straks langskomt. En met deze laatste voodootruc gaat ze ervoor zorgen dat hij voortaan lief blijft doen. Net zo lief als in de sms'jes die ze vandaag van hem kreeg. '*Isabellastrombolovyou*' had hij geschreven. Ze voelt weer ouderwetse kriebels in haar buik. En wat had hij nog meer geschreven? O ja, dat ze altijd zijn vriendinnetje zou blijven. Zie je wel, denkt ze, ik heb me voor niks druk gemaakt. Ik heb me allemaal gekke dingen in mijn hoofd gehaald. Hij deed niet raar omdat hij niet meer verliefd was, en ook niet omdat hij verliefd was op iemand anders. Hij deed gewoon raar omdat hij raar deed. Zo zijn jongens, denkt Isa. Die zijn soms onbegrijpelijk raar. Maar nu is alles weer goed. Eigenlijk is die voodoo nu niet meer nodig, denkt ze, en ze neemt zich voor dat dit de allerlaatste keer is dat ze zoiets doet. Gewoon om er helemaal zeker van te zijn dat hij haar de allerleukste vindt en altijd bij haar blijft.

Ze moet nog even bedenken wat ze samen gaan doen als hij straks langskomt. Meestal hangen ze samen voor de computer, maar nu moet ze iets leukers bedenken. Iets romantisch. Ze herinnert zich een van de eerste keren dat hij langskwam. Ze hebben toen samen op haar balkon gezeten, heel dicht bij elkaar.

Pling, klinkt opeens het geluid uit Isa's computer. Ze voelt zich warm worden bij het idee dat het misschien een mailtje van Tristan is. Of heeft ze het zo warm door die zeven rokken?

'Boos', staat er boven aan het mailtje. Isa voelt een steek in haar hart. Vertwijfeld blijft ze met haar handen boven de toetsen hangen. Ze durft het mailtje niet te openen, bang dat ze iets zal lezen wat ze helemaal niet wil lezen. Met trillende vingers klikt ze het open en ze leest snel het mailtje.

'Isa, kom je even helpen met de tafel dekken?' hoort ze haar moeder van beneden roepen.

Snel klapt Isa het deksel van haar laptop dicht. Vanavond gaat ze het mailtje nog een keer op haar gemak lezen en nadenken over wat ze terug moet schrijven op zo'n boze mail.

'Had je het koud?' vraagt haar vader, wanneer ze beneden komt.

'Hoezo?' vraagt Isa.

'Omdat je al je kleren over elkaar hebt aangetrokken,' zegt hij. 'Of is dat hip?'

'Ja,' zegt Isa, 'het is hip.'

'Hip, hip, hip, zet je handen op je heupen, zet je handen op je bip, bip, bip,' zingt Max. Sinds hij een cd met kinderliedjes voor zijn verjaardag heeft gekregen, zingt hij de hele dag die ouderwetse liedjes. Isa kan het niet meer aanhoren.

'Max, kun je ook normale liedjes zingen?' vraagt ze.

'Ja,' zegt Max. 'Hik, hik, hik, zet je handen op je heupen, want die zijn nu heel erg dik, dik, dik.'

'Max, zo is het wel weer genoeg,' zegt hun vader. 'Heb ik wel eens verteld dat ik vroeger met opa en oma op fietsvakantie ging? We gingen dan een week door het land fietsen samen, maar omdat we geen fietstassen hadden, deden we al onze kleren voor die week over elkaar heen aan. Fietste ik als jongen van dertien met zeven onderbroeken, twee trainingspakken en drie truien over elkaar. En opa en oma ook.'

'Was dat in de oorlog?' vraagt Max.

Zijn vader moet lachen. 'Nee, gekkie, dat was heel lang na de oorlog. Maar opa en ik werden onderweg wel nagekeken alsof het oorlogswinter was. We zagen er zo idioot uit. En warm dat ik het had in al die kleren.'

Isa heeft het verhaal al heel vaak gehoord. Gek vindt ze dat, dat ouders altijd dezelfde verhalen vertellen uit hun jeugd. Alsof ze maar heel weinig hebben meegemaakt. Of misschien krijg je een heel slecht geheugen als je ouder dan veertig wordt. Ze neemt zich voor om alles van haar eigen jeugd te onthouden. Alles, behalve dat mailtje dat boven op haar wacht.

'Over warme kleren gesproken,' zegt Isa's moeder, 'ik heb de verwarmingsmonteur gebeld.'

'Daar is het echt de tijd van het jaar voor,' zegt Isa's vader lachend.

'Isa hoorde klopgeluiden in haar kamer en het blijkt de verwarming te zijn,' zegt haar moeder. 'Hij kan pas over een maand komen kijken. Onbegrijpelijk, waar zo'n man het druk mee kan hebben nu niemand zijn centrale verwarming aan heeft staan.'

Dan gaat de voordeurbel. 'Isa, wil jij opendoen?' vraagt haar moeder.

Isa vraagt zich af of ze later tegen haar kinderen ook honderd keer zal vertellen over die keer dat ze zeven rokken over elkaar droeg omdat ze de liefde van haar vriendje veilig wilde stellen. Ze is nog volop in gedachten wanneer ze de voordeur opendoet.

Aan: Izzy@izzylove.nl
Onderwerp: Boos

Ben je wel eens zo boos geweest dat je het in je hele lichaam voelt? Zo boos dat je denkt dat je bijna geen adem kunt halen? Dat je lippen trillen en je zin hebt om iemand heel hard te slaan? Zo boos dat je eigenlijk zin hebt om iederéén te slaan? Zo boos ben ik, maar dan nog veel bozer. Ik ben boos op mijn vader, die bijna nooit meer thuis is, en boos op mijn moeder, die tegenwoordig koffiedik-kijkt, kaarsvlam-leest en haar aura laat lezen door die engerd van een Sandokan. En als je zo boos bent als ik, heb je vrienden nodig. Niet een heleboel, maar één. Een best friend die begrijpt waarom je boos bent en die naar je luistert als je vertelt wat je tegen niemand anders kunt zeggen.
Ik ben boos: B.O.O.S. Ik ben boos, boos, boos, boos, boos, boos. Ik ben booooooos.
(Zo, dat heb ik gezegd.)
Was ik alleen nog even vergeten te zeggen waarom ik ook boos op jou ben... Omdat je aan de buitenkant sprekend lijkt op Isabella Strombolov, die vroeger mijn BFF was. Maar aan de binnenkant ben je heel iemand anders. In plaats van samen leuke dingen doen, doe je leuke dingen met mijn moeder en haar helderziende, of met Tristan of met die stomme voodooboeken van je. Ik ben boos en ik wil mijn vriendinnetje terug. Heb je haar ergens gezien? En zo ja, zou je dan aan haar

willen vragen of ze ogenblikkelijk weer normaal wil gaan doen? Misschien heb je haar wel per ongeluk weggevoodoo'd. Voodoo haar dan maar snel weer terug. Anders wil ik je vriendin niet meer zijn.

Cato (vroeger ook wel bekend onder de naam 'beste vriendin')

10

'Mag ik nog binnenkomen?' vraagt Jules aan Isa, die hem al die tijd is blijven aanstaren alsof ze een spook ziet.

'Ik ben het, Julius Dendermonde,' zegt hij, 'je weet wel, de verloren zoon van Jack.'

'Ik had je wel herkend, hoor,' zegt Isa, en ze schaamt zich dat ze hem zo ongegeneerd heeft staan aanstaren.

'Ik zou jou anders niet direct herkennen,' zegt hij. 'Je hebt zulke, eh... grappige kleren aan.'

'Ik was me aan het verkleden,' zegt Isa. 'Ik wilde kijken welke rok het leukste stond.'

'Die roze is wel grappig,' zegt Jules. 'Mijn moeder draagt ook zulke rokken. Of beledig ik je nu?'

'Ja,' zegt Isa.

'Mag ik even op jouw computer?' vraagt Jules. 'Ik heb mijn moeder beloofd om een mailtje te sturen als ik was aangekomen.'

'Vindt je moeder het niet gek dat ze je nu elke week met Jack moet delen?' vraagt Isa, die op haar kamer zes van haar zeven rokken uittrekt.

'Nee hoor,' zegt Jules, die voorovergebogen over de laptop

zit. 'Ze is allang blij dat ze me kwijt is. Kan ze lekker uitgaan met die vage vriendjes van haar.'

'De moeder van mijn beste vriendin heeft ook van die vage vrienden,' zegt Isa. 'Ze is in haar spiriwiri-fase en zit de hele dag met een helderziende op de bank om haar aura te laten lezen.'

'De vriendjes van mijn moeder lezen niet,' zegt Jules. 'Ook geen aura's. Die drinken alleen maar bier en roken stinksigaretten.'

'Vies is dat, hè?' zegt Isa. 'Mijn ouders roken gelukkig niet, behalve als ze denken dat ik het niet doorheb. Dan staan ze samen buiten te roken, echt smerig.'

'Mijn moeder vertelde dat vroeger bij haar op de lagere school de leraren gewoon in de klas rookten.'

'Gatver,' zegt Isa.

'Zal ik je computer afsluiten?' vraagt Jules.

Je mag 'm ook wel meenemen, die computer, denkt Isa, zodat ik Cato's mailtje nooit meer hoef te lezen. 'Ik heb ruzie met mijn beste vriendin,' zegt ze. De woorden komen vanzelf uit haar mond. Ze wilde het helemaal niet zeggen, maar nu hangen die woorden boven haar hoofd als in een tekstballonnetje uit een strip.

'Wat erg,' zegt Jules.

Isa voelt de tranen in haar ogen. Wat ontzettend lief dat hij dat zegt. 'Ja,' zegt Isa, 'ik vind het ook heel erg.'

'Ik heb ook wel eens ruzie met mijn beste vriend,' zegt Jules. 'Maar niet zo vaak, en meestal komt het vanzelf weer goed.'

'Ik heb nog nooit ruzie met Cato gehad,' zegt Isa. 'Ik ken haar al vanaf mijn vierde en elke dag waren we vriendinnen. We hebben zelfs nooit een beetje ruzie gehad.'

'Waar hebben jullie ruzie over?' vraagt Jules.

Goeie vraag, denkt Isa. Waar hebben ze ruzie over? Ruzie omdat zij alleen nog maar met voodoo bezig is. Omdat ze liever met zeven rokken over elkaar voor gek loopt en midden in de nacht in het maanlicht tot 113 telt, dan dat ze tijd doorbrengt met Cato.

'Ik weet het niet,' zegt Isa.

'Natuurlijk weet je dat wel,' zegt Jules.

Isa kan hem wel zoenen. Bij wijze van spreken dan, denkt ze. Hij is zo anders dan alle andere jongens die ze kent. Niet zo grappig als Tristan, niet zo slim als Dino uit haar klas, geen voetballer zoals de andere jongens in haar klas en niet zo'n grappenmaker als haar broertje. Jules lijkt meer op een meisje, vindt ze. Niet door hoe hij eruitziet, hoewel hij lang haar heeft en een beetje een meisjesachtig gezicht, maar omdat hij gewoon tegen haar doet. Ja, denkt Isa, dat is het. Hij doet net zo gewoon tegen haar als haar vriendinnen. Hij luistert naar wat ze zegt en hij doet helemaal niet zijn best om indruk op haar te maken. Jongens gaan altijd heel wild doen en flauwe grappen maken als er meisjes in de buurt zijn. Hij niet.

'Ik heb de laatste weken geen tijd meer voor haar, zegt ze. En vanmiddag was ik met haar mee naar huis en toen kreeg ze ruzie met haar moeder omdat die rare helderziende er was. En in plaats van dat ik met haar meeging naar haar kamer, bleef ik bij haar moeder en die helderziende zitten.'

'Dus nu is ze boos,' zegt Jules.

'Ze wil mijn vriendin niet meer zijn, zegt ze.' Isa voelt weer tranen in haar ogen prikken.

'Kun je niet zeggen dat het je spijt?' vraagt Jules. Hij heeft nu zijn arm om haar schouder geslagen.

'Ik weet niet of dat iets uitmaakt,' zegt Isa, en ze voelt een traan over haar wang lopen.

'Natuurlijk maakt dat wat uit,' zegt Jules. 'Je moet gewoon eerlijk tegen haar zijn en zeggen dat het je heel erg spijt en dat je er verdriet van hebt.'

'Zeg jij dat ook tegen jouw beste vriend als jullie ruzie hebben?' vraagt Isa.

Jules grinnikt. 'Nee, dat niet, maar zo'n goede vriend is hij ook niet. Ik vind jou al een stuk leuker dan ik hem vind.'

Isa kijkt hem verbaasd aan. 'Meen je dat?' vraagt ze.

'Ja, dat meen ik. Als ik bij mijn moeder ben, is hij mijn vriend, maar als ik hier ben, dan ben jij eigenlijk de enige van mijn leeftijd die ik ken. Dus ben jij mijn beste vriend hier.'

Isa kijkt hem onderzoekend aan en vraagt zich af of hij haar nu heel erg in de maling aan het nemen is, maar hij kijkt ernstig. Kan dat? vraagt Isa zich af. Kunnen jongens en meisjes gewoon beste vrienden zijn?

Aan: Cato@home.com
Onderwerp: HET SPIJT ME!!!

Lieve Cato,

Ik vind het heel erg dat je boos op me bent en ik hoop dat je me kunt vergeven, het spijt me. Het spijt me dat ik vanmiddag niet met je meeging naar je kamer toen je moeder boos op je werd. Het spijt me dat ik naar die stomme helderziende bleef luisteren. Het spijt me dat ik de laatste tijd alleen maar met voodoo bezig ben. Het spijt, spijt, spijt me zo.
Als ik één wens mocht doen, zou ik wensen dat alles weer was als vroeger. Dat er geen jongens waren en geen helderzienden, geen boze moeders en geen voodoopriesters. Dat er niemand was op de wereld behalve jij en ik, omdat ik van al mijn vrienden en vriendinnen het meeste van jou hou.
Had ik al sorry gezegd?

xxx Isa

11

Het cafeetje waar Isa zit heeft aan drie kanten hoge ramen. De muren zijn paars, groen en oranje geschilderd en op de tafels liggen roodgeblokte tafelkleedjes. Aan een kant langs de muur staan rode leren banken met zilverkleurige tafeltjes ertussen, net zoals in Amerikaanse films. Isa kijkt naar de menukaart en bestelt een verse jus. Wanneer ze de prijs ziet, schrikt ze. Zoveel geld voor een glas sinaasappelsap? Ze wil haar bestelling nog veranderen in iets goedkopers, maar de serveerster is al weg. Isa kijkt om zich heen. Aan alle tafeltjes zitten mensen met z'n tweeën. Ze voelt zich opgelaten, zo alleen. Ze heeft het idee dat ze iets met haar handen moet doen, maar ze weet niet goed wat. De menukaart heeft ze al drie keer gelezen en ook de opgeslagen berichten in haar telefoon heeft ze al vier keer doorgenomen.

'Hoi,' hoort ze opeens naast zich.

Isa kijkt naar haar vriendin. Cato heeft haar nieuwe jas aan. Een zwarte regenjas van H&M, ontworpen door Viktor en Rolf. Cato's moeder was er speciaal voor naar de winkel gegaan om er eentje voor zichzelf te kopen op de ochtend dat de nieuwe collectie werd verkocht, maar ze had alleen een jas in de allerkleinste maat te pakken kunnen krijgen.

'Wow,' zegt Isa, 'je hebt dé jas aan.'

'Mooi is-ie, hè?' zegt Cato, en ze maakt een pirouette op haar tenen. De onderkant van de jas bolt daardoor op, waardoor ze net zo'n balletdanseres lijkt uit een muziekdoosje.

Isa kijkt naar haar vriendin die niet meer boos is en ze is op slag alle jongens in haar leven vergeten. Haar nieuwe beste vriend Jules en ook Tristan DZRD (Die Zo Raar Doet).

Cato kijkt naar de menukaart en bestelt ook sinaasappelsap.

'Ik betaal,' zegt Isa.

'Op onze vriendschap,' zegt Isa, wanneer het drinken gebracht is, en ze houdt haar glas in de lucht.

'*Forever*,' zegt Cato.

'Zullen we nooit meer ruziemaken?' vraagt Isa.

'Alleen als jij nooit meer partij kiest voor Sandokan of voor mijn moeder.'

'Nooit,' zegt Isa.

'Beloofd?'

'Beloofd,' zegt Isa. 'En dat is ook niet zo moeilijk, want ik heb echt de stomste voodootip ooit van hem gekregen. Ik moest zeven rokken over elkaar dragen en dan in de ogen van Tristan kijken.'

'Je gaat toch niet zeggen dat je dat gedaan hebt, hè?'

'Ik wilde het wel doen, maar die sukkel kwam niet opdagen. Hij zou 's avonds nog even langskomen, maar hij heeft niets meer van zich laten horen.'

'Weg met alle jongens,' zegt Cato.

'Beter één vriendin bij de hand, dan tien jongens in het land,' zegt Isa lachend.

Superblij fietst ze naar huis. Het lijkt net alsof iedereen op straat naar haar lacht. Twee oude dames bij de bushalte, een jongen die zijn hond uitlaat en alle fietsers die haar tegemoetkomen: iedereen lijkt in net zo'n goede bui te zijn als zij.

Wanneer ze bijna thuis is, ziet ze Tristan voor haar huis staan. Hij staat met een schouder tegen de voordeur geleund, met zijn handen in zijn zakken, en hij tuurt naar de stoeptegels alsof hij daar al uren staat.

'Tristan!' roept Isa, enthousiaster dan de bedoeling was. Ze was zo boos dat hij gisteren niet meer op haar sms'je heeft gereageerd, dat ze zich had voorgenomen om heel koel tegen hem te doen als ze hem zou zien. Maar ja, nu staat hij daar voor haar huis met zijn handen in zijn zakken en hij ziet er weer zo ontzettend leuk uit.

'Hé, Izzy,' zegt hij.

'Sta je hier al lang?' vraagt Isa, terwijl ze haar fiets op slot zet.

'Ik moest hier toch om zes uur vanochtend zijn?' vraagt Tristan.

'Ik bedoelde zes uur gisteravond,' zegt Isa.

'Ik maak maar een grapje. Sorry dat ik niks meer van me heb laten horen, maar ik moest van alles doen gister en toen ben ik vergeten je terug te sms'en.'

Hij is er, denkt Isa, en alles is goed. Ze heeft zowel haar beste vriendin als haar vriendje weer terug. Deze dag wordt alleen maar leuker en leuker. Gisteren was alles nog somber en zwaar, en vandaag is het een feestdag. Ze gaat deze dag in haar agenda zetten als SDD – Super Duper Dag.

'Is er niemand thuis?' vraagt Isa, die haar huissleutel pakt.

'Jawel, maar ze willen me niet binnenlaten,' zegt hij grinnikend.

'Je had mij ook kunnen bellen,' zegt Isa.

'Heb ik gedaan,' zegt Tristan.

Isa haalt haar telefoon uit haar jaszak. TWEE GEMISTE OPROEPEN, ziet ze staan. 'Oeps, sor-ry,' zegt ze.

Net op dat moment komt haar moeder eraan. 'Goh, Tristan,' zegt ze, 'jou heb ik lang niet meer gezien.'

Hij trekt zijn gezicht in een grimas en haalt zijn schouders op.

Alles is vanzelf goed gekomen, denkt Isa.

Maar alles is helemaal niet vanzelf goed gekomen. Isa voelt het zodra ze met Tristan de keuken binnen loopt. Zoals het op een mooie zomerdag opeens heel hard kan gaan waaien of plotseling kan gaan regenen. Er gaat iets heel ergs gebeuren. Ze weet niet wat, maar ze voelt het in haar buik en in haar hele lichaam. Het is net alsof ze helderziend is: Sandokan Strombolov. Terwijl Tristan haar moeder helpt om de tassen met boodschappen uit te pakken, staat Isa als bevroren in de keuken. Ze hoeft alleen nog maar te wachten tot haar moeder iets gaat zeggen, en dan gebeurt het. Isa weet het zeker. Niets zeggen, denkt ze, en ze kijkt strak naar de rug van haar moeder.

'Gaat het goed, liefje?' vraagt haar moeder, die zich plotseling heeft omgedraaid en haar met opgetrokken wenkbrauwen aankijkt.

'Ja, hoor,' zegt Isa, en ze voelt zich betrapt. Soms lijkt het wel alsof moeders gedachten kunnen lezen. Moeders hoeven geen radioloog te zijn, zoals Tristans moeder, om dwars door mensen heen te kunnen kijken.

'En gaat het met jou ook goed?' vraagt Isa's moeder aan Tristan.

'Nee,' zegt hij.

Isa schrikt. Ze wist het. Ze wist dat het niet goed met hem ging. Met hem niet en met haar niet en al helemaal niet met hen samen.

'Zal ik eens een kopje thee voor jullie zetten?' vraagt Isa's moeder. 'Dan kun je ons vertellen wat er aan de hand is. Als je dat tenminste wilt.'

'Ik ga naar Spanje,' zegt Tristan.

Hij zegt het zo zacht dat Isa het bijna niet hoort, maar ze heeft het toch goed verstaan. Ze is niet alleen helderziend, maar ook helderhorend.

'Bij je opa en oma logeren?' vraagt Isa's moeder, die de waterkoker vol laat lopen.

Isa luistert naar het water en denkt aan wat ze pas nog op school heeft geleerd over een of andere Griekse geleerde die zei dat alles stroomt. Alles stroomt en niets blijft.

'Nee, verhuizen,' zegt Tristan. 'Mijn moeder heeft een baan in Barcelona gekregen. Gisteren hebben we alles geregeld voor de verhuizing.'

'Wat? Maar ik dacht dat je moeder net zo'n leuke baan hier had,' zegt Isa's moeder verbaasd.

'Ja,' zegt Tristan, 'maar de baan die ze nu heeft gekregen is nog veel beter. Ze wordt hoofd van de radiologische afdeling van het ziekenhuis daar. Bovendien vond ze haar baan hier toch niet zo leuk en miste ze oma en opa in Spanje.'

'En jij?' vraagt Isa's moeder.

'Ik wil helemaal niet weg,' zegt Tristan. Hij zit aan tafel en laat zijn hoofd op zijn handen steunen.

Hij ziet er opeens heel klein uit, vindt Isa. Net een klein zigeunerjongetje.

'Waarschijnlijk heb je het daar straks heel erg naar je zin,' zegt Isa's moeder, die een dienblad met drie koppen thee en een schaal koekjes op tafel zet. 'Wist jij het?' vraagt ze aan haar dochter.

Isa schudt haar hoofd. Haar hoofd is een wazige blurrie. Ze voelt tranen in haar ogen prikken, maar het laatste wat ze wil doen is hier in huilen uitbarsten.

'Ik kon het niet eerder zeggen, omdat het nog niet honderd procent zeker was,' zegt Tristan, en hij kijkt verlegen naar de grond. 'Maar gisteren heeft mijn moeder het contract getekend en vliegtickets besteld. En ik moest een Engelse test doen om weer toegelaten te worden op de internationale school daar.'

Isa heeft het opeens vreselijk koud. Stomme Tristan, denkt ze. En stomme moeder van Tristan. 'Wanneer gaan jullie?' vraagt ze.

'Over een paar weken,' zegt hij, nu bijna fluisterend.

'Dan al?' zegt Isa's moeder. 'Dat is...'

'Heel snel,' zegt Tristan.

Isa hoort haar moeder allerlei vragen stellen. Over waar hij gaat wonen en of hij zijn vrienden zal missen en hoe laat hij vliegt. Stomme vragen, waar Isa het antwoord helemaal niet op wil weten. Ze wil alleen maar weten of hij haar gaat missen. Zij gaat hem in ieder geval missen. Opeens begrijpt ze ook waarom hij zo raar deed de afgelopen weken. Al die tijd wist hij dat hij weg zou gaan. Zijn opmerking in de bioscoop over dat ze elkaar minder vaak zouden zien, zijn afwezigheid op school gisteren – alles had daarmee te maken. En zij had het niet door. Ze was alleen maar bezig geweest met kaarsen, maanstanden en toverspreuken. Ze is helemaal niet helderziend, ze is zo blind als een mol.

'Zo, jongens, wat zitten jullie hier gezellig,' zegt Isa's vader, wanneer hij met Max binnenkomt.

Niemand zegt iets.

'Ho, ho, ho,' zegt hij lachend, 'niet allemaal tegelijk praten.'

Ga weg, denkt Isa. Ga weg en neem mij mee, naar een plek heel ver weg. Spanje bijvoorbeeld.

'Tristan gaat volgende week naar Barcelona,' zegt Isa's moeder.

'O, leuk. Hoe lang?'

'Nee, niet leuk,' zegt Isa. 'Hij gaat voor altijd.' En terwijl ze dat zegt, voelt ze weer tranen opkomen.

'Nou, dan komen wij van de zomer toch gezellig met z'n allen langs in Spanje? Heerlijk eten daar. Tapas en tortilla's en van die koude soep. Kom, hoe heet die ook alweer?'

'Gazpacho,' zegt Tristan met een Spaanse uitspraak.

Isa begrijpt niet hoe haar vader zo vrolijk kan doen. Kletsen over eten en vakantieplannen maken. Begrijpt hij dan niet dat er helemaal niks leuks aan is?

En alsof haar vader opeens ook gedachten kan lezen – het is gedachtenleesdag – zegt hij: 'Voor jou is het natuurlijk niet zo leuk dat hij weggaat, Isabellaatje.'

Noem me geen Isabellaatje, wil Isa zeggen, maar in plaats daarvan schudt ze haar hoofd.

'Maar jullie kunnen elkaar wel mailen, natuurlijk,' zegt haar vader.

'Mailen is zo ouderwets,' zegt Tristan. 'Isa en ik teleporteren onszelf gewoon heen en weer.'

Haar vader gaat staan, trekt zijn colbertje open en zegt met zijn hoofd naar beneden: '*Beam me up, Scotty*.'

Tristan kijkt hem niet-begrijpend aan.

'Dat komt uit *Star Trek*,' zegt Isa's moeder, 'daar keek hij vroeger naar.'

'Wisten jullie dat die zin in geen enkele aflevering van *Star Trek* wordt gezegd? Iedereen gebruikt 'm, maar hij komt nergens voor,' zegt Isa's vader.

'Ik heb nog nooit van *Star Trek* gehoord,' zegt Tristan.

'Binnenkort komt er een nieuwe film uit,' zegt Isa's vader. 'Die moet je zien.'

Isa heeft het gevoel alsof ze zelf in een ruimtestation zit, net als in de film waar haar vader het over heeft. Het is de vierentwintigste eeuw en ze kijkt vanuit de ruimte naar de planeet Aarde. Niets is meer zoals het geweest is.

test

Ben jij een goede vriend(in)?

'Vrienden komen en gaan, maar mijn zielige vriend blijft altijd bestaan.' Dat zegt mijn vader altijd. Zijn zielige vriend is eigenlijk helemaal niet zielig. Het enige zielige is dat hij een keer met een grasmaaier over zijn tenen is gereden en nu aan één voet geen tenen meer heeft. Sindsdien noemt mijn vader zijn vriend Jack zijn 'zielige vriend'. Mijn vader zegt dat niemand zo'n goede vriend heeft als hij. Volgens mij is dat onzin. Elke vriendschap is uniek. En het belangrijkste, zo heb ik zelf uitgevonden, is niet hoe goed jouw BF is, maar of jij een goeie vriend(in) bent voor jouw BF. Als je dat wilt weten, kun je deze test doen. Want: de liefde is er maar heel even, maar best friends zijn voor het leven!

1. Als ik me slecht voel, bel ik mijn BF en hang net zo lang aan de telefoon tot we allebei depri zijn.
   A Ja B Nee

2. Als we naar de bioscoop gaan, kies ik altijd de film uit, omdat ik gewoon een betere smaak heb.
   A Ja B Nee

3. We lenen soms elkaars spullen, maar meestal vergeet ik ze terug te geven. Dat mag als je BF bent.

A Ja B Nee

4. Als ik geen geld meer heb, kan ik het altijd van mijn BF lenen. Ik betaal het meestal terug, maar soms vergeet ik het. Maar vrienden zijn ervoor om voor elkaar klaar te staan.

A Ja B Nee

5. Zelfs mijn laatste hap Ben & Jerry's-ijs zou ik nog delen met mijn BF.

A Ja B Nee

6. De ouders van mijn BF nemen mij af en toe mee uit eten of naar een pretpark of bioscoop. Ik kom zo vaak bij ze thuis dat ik wegga zonder te bedanken.

A Ja B Nee

7. Als we ruzie hebben, dan probeer ik het altijd zo snel mogelijk goed te maken.

A Ja B Nee

8. Als haar/zijn ouders boos zijn omdat wij samen iets hebben gedaan wat niet mag, ga ik snel naar huis.

A Ja B Nee

9. Wanneer we elkaar een paar weken niet zien omdat het vakantie is bijvoorbeeld, probeer ik altijd een kaart of e-mail

te sturen, ook al moet ik daarvoor een uur in een Italiaans postkantoor staan wachten of heel veel geld betalen in een internetcafé.

A Ja B Nee

10. Ook als mijn BF moet oppassen op een schreeuwende drieling met gekke-vlekken-ziekte, kom ik nog langs om hem/haar gezelschap te houden als hij/zij dat vraagt.

A Ja B Nee

Score

0-5

Weet je wel zeker dat jouw BF blij is om jou als BF te hebben? Vriendschap moet van twee kanten komen. Dus wees ietsie-pietsie aardiger voortaan.

6-7

Je bent een echte vriend(in), maar soms mag je wel iets meer aan de ander denken. Vriendschap komt van twee kanten.

8-10

Geen twijfel mogelijk: jullie blijven altijd vrienden. Jouw BF mag blij zijn met jou!

1B-2B-3B-4B-5A-6B-7A-8B-9A-10A

Izzy LOVE

12

Isa ligt languit op haar balkon. Ze kijkt naar boven. Hoog in de lucht vliegen een paar zwaluwen. Het lijkt alsof ze in sierlijke letters haar naam schrijven tegen de blauwe lucht. Isa doet een oog dicht en volgt met haar andere oog de bewegingen van de vogels. *Tristan Groen en Isabella Strombolov* staat er in onzichtbare letters. Isa voelt de tranen opkomen. Een traan rolt over haar wang en laat een plakkerig streepje achter. Wat is het leven toch oneerlijk, denkt Isa. Ze wil niet dat Tristan weggaat. En haar moeder kan dan wel zeggen dat ze elkaar elke dag kunnen mailen en sms'en, maar straks is hij weg en hij komt nooit meer terug. Dan kun je elkaar nog zo vaak sms'en, weg is weg. De zwaluwen gaan op den duur ook weg, weet Isa. Dat heeft Tristan haar verteld. Die trekken net als hij naar het zuiden. Het verschil is alleen dat die zwaluwen in de lente altijd weer terugkomen en Tristan niet. Nu ze daaraan denkt, rollen er nog meer tranen over haar wangen. Als kleine riviertjes stromen ze langs haar wangen omlaag.

Nog voor ze gewend was aan het nieuws dat Tristan al zo snel zou vertrekken, vertelde hij haar alsnog dat hij het uit wilde maken. Hij vertelde het een paar dagen nadat hij haar had verteld dat hij naar Spanje zou verhuizen. Hij vond dat het geen zin had om verliefd te zijn als ze voortaan duizenden kilometers bij elkaar vandaan zouden wonen. Isa had zich groot gehouden en gezegd dat ze het wel begreep, maar eigenlijk begreep ze er helemaal niks van. Wat ze wel begreep, was dat hij hier al weken mee rondliep. Vandaar dat hij haar steeds had ontweken en vandaar dat hij zo raar had gedaan. En al die stomme voodoo was nergens goed voor geweest. Het was uit, over en voorbij. 'Ik zie je nog wel,' zei hij een paar dagen geleden toen ze na school samen langs zijn huis waren gefietst. Isa wilde hem wel op andere gedachten brengen: ze zei tegen hem dat ze voortaan elk jaar met haar ouders naar Spanje op vakantie zou gaan en dat ze elkaar elke dag zouden kunnen mailen en hun MSN gewoon altijd aan zouden laten. Ze zou een webcam kunnen nemen en naar hem zwaaien vlak voor ze ging slapen en wanneer ze 's ochtends wakker werd. En desnoods kon ze nog van huis weglopen en met hem meegaan, zei ze als grap. Maar hij antwoordde dat het echt niet aan haar lag, maar dat hij in Spanje liever alles uit Nederland wilde vergeten, ook haar. Isa had niks meer teruggezegd en was heel hard naar huis gefietst.

De dagen erna heeft ze bijna elke dag gehuild. Cato en Sofie hebben haar heel lief getroost en op school heeft ze zo gewoon mogelijk tegen Tristan gedaan. Alsof ze het helemaal niet erg vond dat hij het had uitgemaakt.

'Hé, Izzybizzy,' hoort ze opeens heel dichtbij. In haar kamer staat Cato.

'Hoe ben jij nou binnengekomen?' vraagt Isa, en ze droogt snel haar tranen.

'Ik heb mezelf naar binnen gevoodoo'd,' zegt Cato lachend.

'Wat is er aan de hand?' vraagt Cato.

'Niks, laat maar,' snottert Isa.

'Je bent toch niet weer aan het huilen om die Tristan, hè?' vraagt haar vriendin.

'Nee,' zegt Isa. 'Ik ben om hem aan het lachen.'

Cato grinnikt. 'Heel goed. Het wordt tijd dat je die jongen vergeet. Wat denkt hij wel, om mijn lieve vriendinnetje te dumpen? Ik ben hier om je op te vrolijken. Luister: het is geel en het hangt achter een auto. Wat is het?'

Isa haalt haar schouders op.

'Een banaanhangwagen,' zegt Cato. 'Het is geel en het hangt aan de muur...'

'Een banaanplakbiljet,' zegt Isa.

'Kende je die al?' vraagt Cato.

Isa knikt.

'Het is geel en er staat afwas op....'

Isa schudt haar hoofd.

'Een banaanrecht.' Cato lacht hard om haar eigen grap.

'Het is groen en het raast de berg af,' zegt Isa.

'Een skiwi,' zegt Cato, nu gierend van het lachen. 'Die kende ik al.'

'Het is groen en het drijft,' zegt Isa.

Cato schudt haar hoofd en probeert haar lachen in te houden.

'Andrijvie,' zegt Isa.

'Het is groen en het heeft een gewei,' zegt Isa.

'Een dophertje,' zegt Cato. 'Het is groen...'

'En het verhuist binnenkort naar Spanje,' zegt Isa, nu zonder te lachen.

'Die is helemaal niet grappig,' zegt Cato.

'Inderdaad. We lijken mijn vader wel,' zegt Isa, 'die vertelt ook altijd van die suffe moppen.'

'Ja,' zegt Cato, 'maar ik heb je wel aan het lachen gekregen.'

Isa knikt. Het is fijn om een vriendin als Cato te hebben, denkt ze. De liefde is er maar heel even, maar *best friends* zijn voor het leven, heeft ze pas nog op haar blog geschreven. En het is nog waar ook.

'Heb je zin om morgen met Sofie en mij mee te gaan naar het strand? Het is maar een halfuur met de bus. Gaan we een beetje hangen op de boulevard,' zegt Cato.

'Nee, ik moet pianospelen. Ik zou wel willen, hoor, maar ik heb binnenkort een uitvoering en ik kan nu alleen nog *Mieke heeft een lammetje* spelen. Andere keer,' zegt Isa.

'Oké,' zegt Cato. 'Zie ik je maandag op school.' Ze geeft Isa een high five.

Isa staat op het balkon om haar vriendin uit te zwaaien. Ze ziet haar steeds kleiner worden. Een heel klein lief stipje op een fiets helemaal aan het einde van de straat. Vlak voor Cato de hoek om slaat, kijkt ze nog een keer achterom en zwaait. Isa hangt over de balkonrand naar voren en zwaait haar na. Grappig, denkt Isa, ze kennen elkaar al zo'n groot deel van hun leven. Ze waren vier toen ze samen op school kwamen. Isa is blij dat ze al zo lang vriendinnen zijn en als het aan haar ligt, blijven ze dat tot ze stokoud en doof en blind zijn en samen in een bejaardentehuis zitten te dammen.

nieuws

Tien redenen waarom vriendschap het allerbelangrijkst is

Met je vrienden/vriendinnen kun je...

1. ... lekker keihard lachen om rare mensen.
2. ... je helemaal misselijk eten aan je favoriete chips.
3. ... praten over je problemen, ook over hele grote.
4. ... herinneringen ophalen aan vroeger.
5. ... samen naar al je vakantiefoto's op je mobiel kijken ook al vinden ze dat helemaal niet interessant.
6. ... slaapfeestjes houden en dan de hele nacht wakker blijven zodat er 's ochtends van die grappige donkere kringen onder je ogen zitten.
7. ... van je fiets vallen van het lachen (of van je fiets lachen van het vallen).
8. ... kerstkransjes eten in augustus.
9. ... beloven dat je altijd beste vrienden zult blijven.
10. ... uitgebreid over jongens (of meisjes) praten.

13

De volgende ochtend is Tristan op MSN. De afgelopen dagen was hij ook steeds online, maar Isa heeft hem telkens genegeerd. Ze had tijd nodig om te wennen aan het idee dat het nu uit was tussen hen. Maar nu heeft ze al een berichtje gemaakt voor ze heeft bedacht wat ze hem eigenlijk wil schrijven.

'Sor-ry,' schrijft ze, 'dat ik boos ben weggefietst.'

'Maak niet uit,' schrijft Tristan.

'Sor-ry dat ik daarna even deed alsof je niet bestond,' schrijft Isa.

'Ik heb het je al vergeven,' schrijft hij terug.

Razendsnel gaan Isa's handen over de toetsen, precies zoals ze al die maanden heeft gedaan waarin ze bijna elke dag met hem op MSN zat.

Izzylove zegt:
Op een dag ga ik met mijn vriendinnen op vakantie naar Spanje en dan kom ik je tegen.

**

Triztan zegt:
Ja, dan loop je door Barcelona en botsen we per ongeluk tegen elkaar op.

**

Izzylove zegt:
En dan herken ik je meteen.

**

Triztan zegt:
Of niet. Misschien zeg je wel sor-ry en loop je weer door.

**

Izzylove zegt:
Nee, dat zou ik nooit doen. Ook over tien jaar herken ik je nog wel.

**

Triztan zegt:
Maar ik jou misschien niet. Dan zeg ik: 'Buenos dias, muchacha,' en spring op mijn scooter om oude dametjes te gaan beroven.

**

Izzylove zegt:
Waaaaaaat? Word je tasjesdief?

**

Triztan zegt:
Ja, of voetballer bij FC Barcelona.

**

Izzylove zegt:
Wanneer ga je trouwens precies weg?

**

Triztan zegt:
Morgen over een week.

**

Izzylove zegt:
Snik.

**

Triztan zegt:
Dubbelsnik...

**

Izzylove zegt:
Ik heb nog een cadeautje voor je. Maar ik wil het je niet op school geven. Mag ik het komen langsbrengen?

**

Triztan zegt:
Jij altijd!!!

**

Izzylove zegt:
Ik vind het wel heel stom dat je het hebt uitgemaakt.

**

Triztan zegt:
Sor-ry ☹

Wel een uur lang kletsen ze alsof er niks veranderd is. Alsof hij het helemaal niet heeft uitgemaakt. Eigenlijk, denkt Isa, is er ook niks veranderd. Nou ja, behalve dan dat hij binnenkort naar Spanje vertrekt. Ze spreken af dat ze hem op de dag dat hij weggaat nog gedag komt zeggen.

Wanneer ze eindelijk van MSN af zijn, maakt Isa het cadeautje af dat ze hem wil geven. Een tijdje geleden, toen ze nog niets wist van zijn verhuizing, heeft ze een ansichtkaart gekocht van een schilderij van Tristan en Isolde. Tristan houdt Isolde in zijn armen en zoent haar op haar hoofd.

Nu heeft ze de kaart in een fotolijstje gestopt en aan de achterkant van de kaart heeft ze met plakband een opgevouwen brief vastgeplakt. Er zit een kartonnetje overheen waardoor je de brief niet ziet, maar als hij ooit de kaart uit het lijstje haalt, zal hij haar brief vinden. In de brief staat alles wat ze hem niet kan zeggen, maar wel kan schrijven. Hoeveel ze van hem houdt en hoe erg hij haar hart heeft gebroken door zo plotseling te vertellen dat hij weggaat. Op een dag, misschien wel over vijftig jaar, zal hij die brief vinden. Het kan ook zijn dat hij het lijstje nooit openmaakt en dat zijn kleinkinderen de brief vinden. Die weten dan dat er ooit een meisje is geweest dat heel veel van hun opa heeft gehouden toen hij nog jong was.

'Wat ben je aan het doen?' klinkt opeens de stem van haar vader.

Isa schrikt. Snel houdt ze het lijstje achter haar rug.

'Kom je straks even beneden om piano te spelen?' vraagt haar vader.

Isa knikt. Ze haat piano oefenen. Ze begrijpt niet waarom ze de hele tijd van die bejaarde Bach-stukken moet spelen. Waarom kan haar pianojuf haar niet gewoon wat moderne muziek geven? De enige reden waarom ze op pianoles zit, is omdat haar ouders het leuk vinden als zij later op hun honderdste verjaardag of hun driehonderdste trouwdag een stukje op de piano speelt. 'Dan gaan jullie toch zelf op pianoles,' heeft Isa een keer gezegd. 'Nee, daar zijn we te oud voor,' antwoordde haar vader toen. Misschien had hij nog gelijk ook. Isa moet er niet aan denken dat haar vader *Für Elise* op de piano speelt terwijl haar vriendinnen op bezoek zijn.

Ze maakt het fotolijstje aan de achterkant dicht, wikkelt het in een stuk krant, bindt er een rood lintje omheen en stopt het in haar tas. Volgende week maandag gaat ze bij Tristan langs om het hem te geven. Voor die tijd zal ze hem nog wel op school zien, maar ze wil het geven als er niemand anders bij is.

De komende jaren zal ze zich steeds afvragen of hij haar

brief heeft gevonden. Als ze pech heeft, vindt hij de brief nooit. Maar ook als hij hem niet vindt, zal haar brief altijd bij hem in de buurt zijn, al weet hij het zelf niet.

Op televisie heeft ze een keer een vrouw gezien die vertelde dat ze op een rommelmarkt een stenen engel had gekocht om in de tuin te zetten. Ze zette de engel naast de vijver, maar toen ze na een tijdje ging kijken, was de engel verdwenen. Ze vond het beeldje terug op de bodem van de vijver. Weer zette ze het beeld op de rand en weer viel het in het water. De vrouw had daarna de onderkant bekeken en gezien dat er een rare bobbel zat, waardoor het beeld steeds voorover viel. Met een vijl had ze de bobbel uit het gips gehaald. Maar daaronder kwam een gat tevoorschijn en daaruit viel een opgerold papiertje. Het papiertje was oud en verweerd en er stond een datum op uit de jaren vijftig. Een jongen had geschreven dat hij dit beeld speciaal voor zijn vriendin had gemaakt. Dat hij onwaarschijnlijk veel van haar hield, maar dat hij met zijn ouders naar Canada moest emigreren en haar waarschijnlijk nooit meer zou zien. Hij had de onderkant van het beeldje zo bewerkt dat het op een dag om zou vallen en stuk zou gaan en zij daardoor zou ontdekken dat hij nog altijd aan haar dacht. De vrouw die een halve eeuw later het briefje had gevonden, had een advertentie in de krant gezet. Een oude vrouw had gereageerd op de advertentie en verteld dat ze het beeldje heel lang geleden als afscheidscadeau van haar vriendje had gekregen en het altijd had bewaard, boven op een kast met een dubbelgevouwen bierviltje eronder omdat het zo wiebelde. Toen ze naar het bejaardentehuis ging, was het beeldje per ongeluk bij de vuilnis terechtgekomen. Nooit had ze geweten dat er een geheime boodschap van haar jeugdliefde in zat.

Door dat verhaal is Isa op het idee gekomen van het fotolijstje, al hoopt ze dat Tristan niet hoeft te wachten tot hij in een bejaardentehuis zit voor hij haar liefdesbrief vindt.

Lieve Tristan,

Misschien ben je een stokoud mannetje tegen de tijd dat je dit leest. (Heb je je leesbril op?) Misschien zit je in je schommelstoel op de veranda in de zon. Isabella, denk je, wie was dat ook alweer? Maar natuurlijk – zo zeg ik tegen mezelf – ben je me nooit vergeten, net zoals ik jou nooit ben vergeten. Weet je dat ik je al leuk vond vanaf de eerste dag dat ik je zag? Ik bedoel natuurlijk vanaf de eerste minuut dat ik je zag, de eerste seconde zelfs. Nee, ik vond je al leuk voordat ik je kende. Weet je, ik hield van jou het allermeest! Ik ben blij dat jij er was.

xxx
Isabella Strombolove

msn

Delarose zegt:
He Izzypissie, we zijn met de stinkhobbelbus naar zee gegaan en zitten hier nu op een terras. We hebben de iPhone van Sofies vader gejat en nu kunnen we dus gewoon msn'en vanaf onze kekke terrasstoeltjes. We hebben wel even d'r vader z'n MSN moeten hacken. Kto&Soof

**

Izzylove zegt:
Terrasjes zijn de leukste plekken op de wereld. De uitvinder van het terras moet geprezen, geëerd en beloond worden.

**

Delarose zegt:
De ober lijkt als twee druppels water op Zac Efron!!!!! Hij spreekt alleen heel slecht Nederlands. Of we warme of koude sjoekoelademelk willen???!!! :) XKto en SooooFie

**

Izzylove zegt:
En ik maar lonelie thuis zitten. Ik wil ook!!!

**

Delarose zegt:
Nog iets van de cowboy gehoord???

**

Izzylove zegt:
Jaaaaaa, maar volgende week gaat ie echt weg, snik snik, dubbelsnik.

**

Delarose zegt:
Het stikt hier van de moskieto's trouwens, dacht dat je die niet had aan zee. Ga je HEM nog dag zeggen????

**

Izzylove zegt:
Natuurlijk!!!

**

Delarose zegt:
Cato is even naar de wc. Sofie hier. We hebben verhelderende gesprekken over jongens met lang blond haar en blauwe ogen of juist lange blauwe ogen en geen blond haar. Zoiets. We worden een beetje melig van te veel sjoekoelademelk!!!

**

Izzylove zegt:
Zullen we van de zomer met z'n drietjes gaan kamperen? (BIJVOORBEELD IN SPANJE!!!) We gaan gewoon naar Barcelona.

Gaan we ons geld verbrassen, vergooien en vergokken. Of we kunnen overleven in zo'n stad zien we dan wel.

**

Delarose zegt:
Mijn ouders laten dat echt niet gebeuren dat Barcelona, maar die hippe ouders van jou misschien nog wel. Ga ik stiekem met jou mee... Deze iphone is trouwens echt megavet. Vooral omdat je van die vette vingers op het scherm krijgt waardoor je je MSN bijna niet meer kan lezen har har. Sofiiiiiiii

**

Izzylove zegt:
Ik ga vast aan mijn moeder vragen of we van de zomer mogen kamperen. Mag toch niet, weet ik nu al, maar ik ga haar heeeeeel lief aankijken. In het ergste geval nemen we haar gewoon mee en zetten we haar in een eigen tentje helemaal aan de rand van de camping, terwijl wij boys gaan spotten. Wat moet ik anders nu ik zonder el Tristan ben, wuuuuhuuuuuu. XI

**

Delarose zegt:
Kto hier. Niet zielig zijn hoor Izzykizzy. We drinken onze sjoekoelademelk op en komen dan met de stinkhobbelbus naar je toe. Xxxxx BFF!!!!

**

Izzylove zegt:
Iloveyouuuuu <33

14

Vandaag is de dag dat Isa Tristan voor het laatst zal zien. Vanavond vliegt hij met zijn moeder naar Spanje. De hele week is een beetje gek geweest omdat ze elkaar op school elke dag hebben gezien, maar niet meer na school, zoals het afgelopen halfjaar. Vandaag op school heeft Tristan getrakteerd en hebben ze voor hem gezongen. De meester heeft 's middags een Spaanse film gedraaid. Een totaal onbegrijpelijke film over een vrouwelijke stierenvechter die in coma ligt. De hele film lang lag die vrouw daar, naast een andere vrouw die ook in coma lag. Die laatste uren op school heeft Isa zich een beetje zoals die vrouwen gevoeld. Ze was er wel bij, maar het meeste ging aan haar voorbij.

Isa is niet eens zo vaak bij hem thuis geweest. De Kwartellaan is lang. Het is meer een heel smalle snelweg dan een laan, vindt Isa. Het verkeer raast erdoorheen en er is in de verste verte geen kwartel te zien. Voor nummer 212 blijft ze staan. Ze drukt op de bovenste van de drie bellen. Eén ervan moet het zijn, al hangt er bij geen enkele bel een naambordje.

'Hoi,' zegt Tristan wanneer Isa boven aan de trap staat. Hij draagt het cowboy-T-shirt dat hij ook droeg op de dag dat hij voor het eerst bij Isa in de klas kwam, nu alweer maanden geleden.

'Hé, cowboy,' zegt Isa.

De etage waar hij woont is groot. Veel groter dan ze zich herinnert.

'Lekker leeg hier,' zegt Isa.

'Ja, het galmt een beetje,' zegt Tristan. 'Wil je wat drinken? We hebben niks in huis. Niet eens glazen.'

'Doe maar niks dan,' zegt Isa. Ze wil wel ergens gaan zitten, maar er staat zelfs geen stoel meer in de huiskamer.

'Zullen we op het bankje op het balkon gaan zitten?' vraagt Tristan. Hij pakt een paar pakken Oreo's van het aanrecht. 'Gaan we ons lekker misselijk eten.'

'Heb je zin om vanavond te vertrekken?' vraagt Isa.

'Nee,' zegt Tristan. 'Ik ga mijn vrienden missen, en jou natuurlijk.' Dat laatste zegt hij zo zacht, dat Isa het nog maar net kan horen.

'Ah joh,' zegt ze, 'in Spanje zijn een heleboel Isa's. Iederéén heet daar Isabella, toch?'

'Dat is waar,' zegt hij, en er verschijnt een klein lachje op zijn gezicht.

'Je opa en oma zijn natuurlijk wel blij dat je weer in Spanje komt wonen.'

Tristan knikt en stopt drie koekjes in zijn mond. 'Glbrglb,' zegt hij.

Isa stopt ook een paar Oreo's in haar mond. 'Glbrlblbl?' vraagt ze.

'Grlompgrlomb,' zegt Tristan, terwijl hij nog twee koekjes erbij propt.

'Glrombglubglub glub glub grlabrlabbel?' vraagt Isa.

'Glb glb gahlahgahlahgahlah,' antwoordt hij, terwijl een half uitgekauwd koekje uit zijn mond valt. Hij scheurt nu ook het tweede pak koekjes open.

Isa moet lachen. Ze stopt nu zoveel koekjes in haar mond, dat haar mond helemaal droog wordt en er alleen nog 'ggggg' klinkt als ze wat wil zeggen.

'Op,' zegt Tristan, en hij stopt het allerlaatste koekje in zijn mond.

'Nou, dat was een goed gesprek,' zegt Isa. 'Ik denk dat ik maar weer eens naar huis ga.' Ze moeten allebei lachen.

'Ik heb nog wel een cadeautje voor je,' zegt Isa zacht, en ze haalt het pakje uit haar tas.

Tristan haalt voorzichtig het lint los, scheurt het papier eraf en kijkt naar de afbeelding van Tristan en Isolde. 'Dat zijn wij,' zegt hij.

Isa voelt een brok in haar keel. 'Glblglbl,' zegt ze.

'Kom hier.' Tristan trekt haar naar zich toe. Hij neemt haar in zijn armen en buigt zich naar haar toe, precies zoals Tristan op het schilderij. Hij geeft haar een zoen op haar voorhoofd.

'Nu is het echt voorbij hè?' Isa maakt zich los uit zijn armen.

'Glblglbl,' zegt Tristan. 'Maar ik zal dit lijstje met die kaart altijd bewaren.'

'Ik moet gaan,' mompelt Isa. 'Ik moet nog huiswerk maken.' Ze wil hier zo snel mogelijk weg. Weg van dit stomme balkon, weg uit dit grote lege huis, weg van de jongen op wie ze voor het eerst van haar leven zo verschrikkelijk verliefd was.

'We mailen nog wel,' zegt Tristan.

'Tuurlijk mailen we,' antwoordt Isa. 'En we hyven en loggen en chatten en krabbelen en twitteren en sms'en.'

Buiten voelt Isa de tranen opkomen. Ze stromen over haar wangen. Afscheid nemen is zo stom dat het eigenlijk verboden zou moeten worden. Zonder om zich heen te kijken steekt ze de Kwartellaan over. Een bestelbusje stopt met piepende remmen voor haar. 'Uitkijken, suffie,' zegt de bestuurder.

Je bent zelf een suffie, denkt Isa. 'Sor-ry,' zegt ze.

'Ik-ben-een-robot. Ik-kan-alleen-maar-zo-praten,' zegt Max, wanneer Isa thuis de gang in loopt.

'Jij-bent-een-irri-robot,' reageert Isa, op dezelfde mechanische manier waarop haar broertje praat.

'Ik-ben-hele-maal-niet-irri,' zegt Max.

'Wel-lus.'

'Niet-tus.'

'Jongens, hou op,' roept hun moeder vanuit de keuken.

'Max doet vervelend.'

'Isa doet vervelend.'

'Jongens,' zegt hun moeder, 'jullie doen allebei vervelend en ik heb er genoeg van. Ga maar lekker buiten spelen.'

Buiten spelen, denkt Isa. Dat is zoooo vorige eeuw.

Op haar kamer pakt ze haar laptop en schrijft ze een handleiding om over je liefdesverdriet heen te komen. Haar verdriet heeft plaatsgemaakt voor woede, en met tien vingers op de toetsen slaand schrijft ze boze brieven aan Tristan. Ze snapt ook wel dat hij er niks aan kan doen, maar toch is ze boos. Zo ongelooflijk boos en woedend en gruwelijk kwaad, dat haar vingers bijna pijn gaan doen van het typen.

Wanneer ze klaar is, voelt ze zich helemaal licht in haar hoofd. Dat is het fijne van een weblog bijhouden, denkt ze, dat het oplucht om te schrijven als je boos of verdrietig bent.

Net wanneer Isa haar laptop heeft dichtgeklapt, hoort ze haar vader thuiskomen. 'Wat eten wij, wat eten wij, wat eten wij vandaag?' hoort ze hem een of andere soepreclame nadoen. Isa haat het als haar vader zo vrolijk doet. Ze legt haar laptop weg en gaat naar beneden.

'Wij eten rijst, wij eten rijst, wij eten rijst,' hoort ze haar moeder antwoorden.

O nee, denkt Isa, niet twéé van zulke ouders!

'Ik-hou-niet-van-rijst,' zegt Max met zijn robotstem.

'Hé, Izzybizzy,' zegt haar vader, wanneer hij haar de trap af ziet komen. Hij geeft haar een zoen op haar voorhoofd. Niet doen, denkt Isa. Niet zoenen op de plek waar Tristan zijn afscheidszoen heeft achtergelaten. Ze had zich net voorgenomen om de hele week niet meer te douchen zodat zijn zoen daar nog heel lang zou blijven zitten als een onzichtbaar afscheidscadeau.

'Tssssss,' zegt Isa kribbig.

'Meissie toch,' zegt haar vader. 'Waarom is mijn kleintje een saggerijntje?'

'Laat haar maar even,' zegt haar moeder. 'Tristan vertrekt vandaag naar Spanje. Ze is vanmiddag bij hem geweest om afscheid te nemen.'

'O,' zegt haar vader met een brede grijns. 'Ludduvudduh.'

'Niemand zegt meer ludduvudduh,' zegt Isa.

'Jawel, ik zeg het.'

'En bovendien heb ik geen liefdesverdriet. Ik heb gewoon een beetje een slecht humeur.'

'Daar weet ik wel wat op,' zegt haar vader.

'Nee,' zegt Isa.

'Nee? Nee, wat? Ik ga je gewoon opvrolijken. Daar zijn vaders voor.'

'Ja, met een van je suffe moppen zeker.'

'Nee, deze keer met een Spaanse mop.' En hij pakt de zwabber die in een emmer in de keuken staat.

'Ha-ha-ha,' zegt Isa met een boos gezicht en een robotstem, maar stiekem heeft haar vader haar toch een beetje vrolijk gemaakt.

Die avond leest ze alle brieven aan Tristan. Nu ze sommige opnieuw leest, vindt ze ze wel een beetje bozig. Maar ja, dat is ook het gekke van liefdesverdriet. Het ene moment lig je te snikken op je kussen, het volgende moment lig je dubbel van het lachen en dan ben je opeens razend van woede. Op dit moment is ze eigenlijk helemaal niks. Niet boos, niet blij en niet verdrietig. Het is net alsof ze helemaal geen gevoel heeft. Tristan zit in het vliegtuig naar Spanje en ze ziet hem nooit meer terug. Isa schrikt van het piepje van haar telefoon.

Hellluuuuw hon. Ik heb een verrassing voor je. Cato en ik hebben een blind date voor je geregeld. Vrijdagmiddag om drie uur moet je voor de ingang van de bioscoop staan. Hij heeft een zonnebril op. Verder zeg ik nix. Het wordt supahcool, let maar op.
XD Sofie

Een blind date? Zijn ze helemaal gek geworden? Ze wil helemaal geen blind date. Nou ja, misschien wil ze wel een blind date, maar alleen als hij heel en heel en heel leuk is. Isa legt haar laptop weg en gaat op bed liggen. Ze trekt het dekbed stevig om zich heen en even voelt ze zich helemaal goed. En dat komt niet door die blind date en ook niet door de herinnering aan Tristan die haar bij het afscheid zo lief op haar hoofd zoende. Het komt door die megasuperduperlieve vriendinnen van haar die alles eraan doen om haar weer vrolijk te maken. Liefde gaat voorbij, denkt Isa, maar vriendschap is *forever*.

Nog één keer laat ze een berichtje achter op Tristans vriendenpagina. Hoewel ze net nog beloofd heeft om hem altijd te schrijven, wil ze hem eigenlijk alleen maar heel erg vergeten. Dit wordt haar allerlaatste bericht.

Izzylove 😈 (2045) reageer
vandaag, 20:15 verwijder

Lieve Trizztan,

Het was leuk vanmiddag!!!! Ik ben wel een beetje misselijk van veel te veel Oreo's ☺ Veel plezier in Spanje. En veel plezzzzzzier op je nieuwe school. Ik zal aan je denken, elke keer als ik langs de Kwartellaan kom, en dat is best vaak. Glblglbl.

xxx Izzy

whatever

Handleiding liefdesverdriet

Twee weken geleden was ik 100% gelukkig, nu lig ik op mijn bed en heb nergens zin in. Eerst was ik IN loooove en nu ben ik UIT looove. Mijn vriendje heeft het uitgemaakt. Maar vandaag heb ik me voorgenomen om een streep te zetten onder mijn verdriet. Ik ga niet meer snikken om hem. Daarom heb ik besloten een cursus liefdesverdriet op mijn website te zetten. Misschien heb ik er zelf ook nog wat aan (!). Een paar tips heb ik uit een tijdschrift van mijn moeder gehaald, de rest heb ik op internet gevonden of zelf bedacht.

Izzy
LOVE

4 fases van liefdesverdriet

Liefdesverdriet bestaat uit vier fases. Helaas moet je door

alle fases heen als je een gebroken hart wilt lijmen. De fases zijn:

1. Je weet dat het uit is, maar het dringt nog niet echt tot je door.
2. Je bent heel erg kwaad dat hij of zij het heeft uitgemaakt.
3. Verdriet. Het dringt nu echt tot je door dat het over en uit is en je huilt veel. Niet iedereen huilt, maar ook zonder tranen kun je heel verdrietig zijn.
4. Er komt een dag dat je over je verdriet heen bent en dat je snapt dat het uit is. Dat is natuurlijk de beste fase, maar helaas moet je eerst door de pijn en het verdriet heen voor het zover is.

Twee armen om je heen

Onderzoekers van de Universiteit van Amsterdam hebben onderzoek gedaan naar liefdesverdriet. Het blijkt dat er allerlei stofjes in je hersenen vrijkomen als je liefdesverdriet hebt. Dat zijn precies dezelfde stofjes die mensen hebben die een heel erge ramp hebben meegemaakt.

De onderzoekers hebben ontdekt dat er één ding is dat heel erg helpt na een ramp. Dat is: twee armen om iemand heen slaan. Vroeger stuurden ze slachtoffers van een ramp altijd gelijk naar een psycholoog of een dokter, maar ze genezen veel sneller als ze vrienden en familieleden in de buurt hebben die de hele tijd lief voor ze zijn, een arm om ze heen slaan en ze af en toe even heel stevig vasthouden.

Omdat liefdesverdriet en de gevoelens die je hebt na een ongeluk of ramp zo op elkaar lijken, zouden mensen met een gebroken hart ook die behandeling moeten krijgen. Maar de onderzoekers hebben ontdekt dat de omgeving heel anders reageert op een gebroken hart. In plaats van het 'slachtoffer' vast te houden, proberen de meeste mensen hem of haar op te vrolijken. Dan zeggen ze dingen als: 'Ah, joh, wees blij dat je van hem/haar af bent', of 'Je vindt vast wel iemand anders'. Maar dat is nou precies wat je niet moet doen volgens de onderzoekers.

Heb je zelf liefdesverdriet? Zeg gewoon tegen je vrienden of vriendinnen dat je niet wilt horen dat je er wel weer overheen komt. Zeg: 'Wil je je armen om me heen slaan en me even heel stevig vasthouden?' En durf je dat niet te vragen? Laat je beste vriend of vriendin gewoon deze cursus even lezen.

Lief zijn voor jezelf

Het allerbeste wat je kunt doen om over je gebroken hart heen te komen is lief zijn voor jezelf. Schrijf een heleboel post-its vol met aardige dingen over jezelf en plak die op een spiegel. Elke keer dat je voor de spiegel staat, lees je dan: 'Wat zie je er geweldig uit' of 'Jij bent de leukste en de liefste'. Je kunt ook met een watervaste stift de tekst U R COOL in spiegelbeeld op je T-shirt schrijven en daarmee voor de spiegel gaan staan.

Zoek afleiding

Ga logeren bij je opa en oma, ga naar de film met je vrienden en zoek heel veel afleiding.

Liefdesverdriet als je het zelf uitmaakt

Misschien denk je dat je het meeste verdriet hebt als je vriendje of vriendinnetje de relatie verbreekt, maar als je zelf een einde aan de liefde maakt, kun je ook heel verdrietig zijn. Dat is natuurlijk een beetje gek, want jij bent degene geweest die het heeft uitgemaakt. Maar iets afsluiten in je leven doet altijd een beetje pijn. En ook als je misschien niet meer echt verliefd was, mis je wel de leuke dingen die je samen deed. Vaak is niet alleen de liefde voorbij, maar ook de vriendschap. Dat doet pijn en daar mag je best verdrietig over zijn. Vinden je vrienden het raar dat je het eerst uitmaakt en dan loopt te snikken? Laat ze het maar lekker raar vinden.

Schrijf een boze brief

Wanneer je in fase twee van je liefdesverdriet zit, ben je

soms zo boos dat het echt helpt om dat van je af te schrijven. Schrijf een heel lange brief aan degene die jou zo'n pijn heeft gedaan. Vouw die brief op (of print hem uit en vouw hem op) en stop 'm in een envelop. Plak de envelop dicht en verstop 'm ergens waar niemand 'm kan vinden. Schrijf de volgende dag weer zo'n brief en de dag erna weer, net zo lang tot je op een dag niet meer boos bent. Je brief hoeft helemaal niet mooi geschreven te zijn en je mag zoveel spelfouten maken als je wilt. Het gaat erom dat je alles opschrijft wat er in je opkomt. Als je schrijft, werken je hersens anders dan wanneer je praat. Je gevoelens komen als je schrijft naar buiten alsof je een kraan openzet. Het kan dus best zijn dat je tussen alle boze zinnen door opeens heel romantische en lieve dingen schrijft. Bedenk: het is jouw brief, dus het mag allemaal. Om een voorbeeld te geven schrijf ik hier een paar stukjes over uit een brief die ik zelf heb geschreven toen mijn vriendje het uitmaakte:

GRRRR!!!! Ik ga nooit meer aan je denken en ik ga ook niet terugschrijven. Ik ga je blokken op MSN. Ik hoop dat je heel veel spijt krijgt en dat je inziet dat het leven zonder mij maar een saaie boel is. Ik ga je vet vergeten, net zo lang tot ik zelfs je naam ben vergeten. Kom, hoe heette je ook alweer?

Ik wil je uitschelden: stomme idioot, zie je dan niet dat ik ontzettend verliefd op je ben? Ik ga al je foto's en mails in dat kleine prullenbakje op mijn desktop stoppen en dan ga ik op die heel grote DELETE-knop drukken. En daarna wil ik je vasthouden en zeggen dat ik je vreselijk mis!!!!!!

Stomme %#$@*§!, wat wil je dat ik schrijf? Dat je mijn hart in heel veel kleine stukjes hebt gebroken, maar dat de schade met een flinke portie superlijm wel weer is te herstellen? Dat ik woedend ben en verdrietig? Ik kan helemaal niks schrijven. Ik voel me alleen maar raar en zielig. Ik haat je. Ik haat je niet.

Grrr, wat mis ik je. Jij nerdy sukkel met je peper-en-zout-kleurige weke krullen en je stomme bril en je flauwe grapjes. Ik zeg vaarwel tegen je domme kleren en je slungelarmen en je puistenkop. (Die heb je nog niet, maar die wens ik je wel toe.) Ik ga niet aan je denken, ik hoop dat je heel erg ongelukkig wordt in dat stomme ****** en ik ga je gruwelijk vergeten!!!

Weet je wat ik vandaag heb gedaan? Ik heb alles wat je me hebt gegeven in een plastic tas gepropt en in een vuilcontainer gegooid. Alleen het van gras gevlochten armbandje heb ik bewaard. Dat had je voor me gemaakt toen we die keer samen met je moeder een weekend in een huisje aan zee zaten. Toen alles begon. Weet je nog? Ik niet. Ik heb je uit mijn hoofd gehaald met een onzichtbare reuzengum. Elke zoen en elke blik en alle keren dat we gruwelijk hebben gelachen heb ik weggegooid samen met al die romantische spullen die je me gaf.

Conclusie: ik heb jou niet meer nodig, ik ben MOBF – My Own Best Friend!

Zoek een nieuwe liefde

Dit is misschien het beste advies dat ik je kan geven: zoek een nieuwe liefde. Met liefde bedoel ik niet dat je je gelijk moet storten op de eerste de beste jongen of het eerste meisje dat je ziet lopen. Liefde vind je overal. Het gaat erom dat je al je gedachten en al je energie op iets of iemand anders richt. Maak je oma tot nieuwe liefde en bel haar elke avond op om haar te vertellen hoe het met je gaat. Richt je liefde op de hond van de buren en vraag of je die elke dag mag uitlaten. Geen betere vriend dan een hond. Honden zijn altijd blij met alle aandacht die ze van je krijgen. Honden lopen ook wel bij je weg, maar ze komen altijd terug.

Je kunt ook je beste vriend of vriendin tot je nieuwe 'liefde' maken. Doe zoveel mogelijk leuke dingen samen en breng al je vrije tijd samen door. Je zult zien dat je je ex binnen de kortste keren bent vergeten.

15

Isa staat voor de spiegel en houdt een felgekleurd topje voor haar lichaam. De kleuren zijn zo fel dat ze zelf bijna onzichtbaar wordt. Ze legt het topje terug en houdt haar I Love New York-T-shirt voor zich. Het T-shirt is een beetje te klein, maar dat staat juist wel leuk. Als ze haar nieuwe spijkerbroek daarbij aandoet en haar gympen, dan ziet ze er wel goed uit.

Wanneer ze haar haar heeft geborsteld en wat lipgloss en mascara op heeft gedaan, kan ze niet anders dan glimlachen naar haar spiegelbeeld.

Ze vraagt zich af of jongens ook zo lang voor de spiegel staan. Ze heeft vandaag de laatste zinnen van haar 'cursus jongens/meisjes begrijpen' geschreven en er staat niets in over jongens die voor de spiegel staan, maar als ze de vervolgcursus gaat schrijven, dan gaat ze dat zeker uitzoeken.

Op de fiets naar haar geheime afspraak voelt ze rare kriebels in haar maag van de zenuwen. Ze heeft nog nooit eerder een blind date gehad. Stel je voor dat het een heel erge engerd is, denkt ze. Of nog erger, juist een heel erg leuke. Een jongen die zo knap is dat ze helemaal niks meer durft te zeggen. Ze vindt het zo eng dat ze bijna op het punt staat om terug naar huis te fietsen en op te bellen om te zeggen dat ze opeens de reuzebesmettelijke vlekjesgriep heeft gekregen. Maar haar benen blijven gewoon doorfietsen, hoe graag haar hoofd ook de andere kant op wil. Bovendien heeft ze niet eens haar telefoon bij zich. Die heeft ze expres thuis laten liggen omdat ze niet wil dat haar vriendinnen haar nog tijdens haar afspraakje gaan sms'en om te vragen hoe haar date is.

Cato heeft haar nog op het hart gedrukt dat haar blind date een zonnebril op heeft waardoor ze hem direct zal herkennen. Als het goed is, staat hij haar op te wachten voor de ingang van de bioscoop.

Isa ziet hem al vanaf de overkant van de straat staan. Ze vindt het grappig, want hoe voor de hand liggend het ook lijkt, ze had niet kunnen bedenken dat haar vriendinnen hém zouden kiezen. Hij ziet haar ook, zet zijn zonnebril boven op zijn hoofd en zwaait met twee armen naar haar. Gekke Jules, denkt Isa.

'Ik heb gekeken of er een leuke film was, maar er is helemaal niks. Behalve een of andere zombiefilm.'

'*Army of the Dead*,' zegt Isa.

'Heb je die gezien?' vraagt Jules. Hij kijkt haar aan alsof ze een grapje maakt.

'Nee,' jokt Isa, 'maar ik heb de trailer op televisie gezien.'

'Kom,' zegt Jules, en hij pakt haar hand. 'Dit is een *blind* date. Ik hou mijn ogen dicht en bij elke hoek moet jij zorgen dat we stilstaan. Dan zeg ik rechts of links en dan kijken we wel waar we uitkomen.'

Isa heeft nog nooit eerder met een jongen hand in hand over straat gelopen, ook niet met Tristan. Ze ziet sommige mensen naar hen kijken. Een blinde jongen en zijn blindengeleidemeisje.

Bij de eerste hoek houdt ze hem tegen. 'Links of rechts?' vraagt ze.

'Links,' zegt Jules.

Ze slaan links af en na een paar honderd meter staan ze opnieuw bij een zijstraat. 'Links of rechts?' vraagt Isa. Jules kiest weer links.

Na een paar keer links- en rechtsaf te zijn gegaan, zegt Jules: 'Hier gaan we naar binnen.'

Isa kijkt verschrikt naar een winkel met grafstenen. 'Weet je het zeker?' vraagt ze.

'Oké,' zegt Jules, 'dan gaan we naar de winkel ernaast.' Het is een muziekwinkel. Aan de muren hangen rijen saxofoons en in het midden van de winkel staan twee glimmende zwarte vleugels. Ergens achter in de zaak klinkt pianomuziek, de regen-prelude van Chopin, een van de lievelingsstukken van Isa's pianolerares en ook een beetje van haar. Ze weet niet of het door de verdrietige muziek komt of omdat Tristan vertrokken is, maar opeens krijgt ze tranen in haar ogen. Ze hoopt dat Jules het niet ziet. Snel veegt ze met haar mouw langs haar ogen.

Maar Jules heeft het wel gezien. Hij pakt opnieuw haar hand en trekt haar zonder iets te zeggen mee naar een zijkamertje. Hij pakt een gitaar van een standaard, plugt die in een versterker en draait aan een paar knoppen.

Isa wil vragen of dat wel mag, maar dan begint hij al te spelen.

'I hope you know, I hope you know,' zingt hij,
'That this has nothing to do with you
It's personal, myself and I...
And I'm gonna miss you like a child misses their blanket
But I've got to get ben-de-tekst-even-vergeten-life
It's time to be a big girl now
And big girls don't cry
Don't cry, don't cry
Don't cry...
I'll be your best friend and you'll be my Valentiiiiiine.'

Isa voelt de tranen nu over haar wangen stromen. Ze veegt ze snel van haar wangen, maar de tranen blijven komen.

'Huil niet, huil niet,' zingt Jules op de muziek van Fergies 'Big Girls Don't Cry'. 'Het is tijd om een groot meisje te zij-ij-ij-ijn. En ik ga je missen zoals een kind zijn dekentje mi-hist, maar ik moet door met mijn leven. Huil niet, huil nie-ie-ie-iet.'

Isa huilt nog steeds, maar nu van het lachen. Jules slaat als een bezetene met zijn hand over de snaren.

'Pardon,' hoort Isa opeens. Voor hen staat de verkoper in zijn donkerblauwe pak met slangenleren cowboylaarzen en roze stropdas. 'Dat is een Gibson-gitaar van meer dan drieduizend euro, en ik zou graag willen dat je daar met iets meer respect mee omgaat, jongeman.'

'Gitaren zijn om op te spelen, hoor,' zegt Jules.

Isa schrikt. Zoiets zou ze nooit durven zeggen tegen een verkoper, maar Jules heeft wel gelijk, vindt ze.

'Genoeg.' Met een ruk trekt de verkoper de stekker uit de versterker.

'Oké, oké,' zegt Jules, en hij zet de gitaar terug op de standaard.

'Wat een sukkel, die man,' zegt Jules wanneer ze even later buiten staan.

'Ik vond het hartstikke mooi.'

'Echt?' Jules kijkt haar bijna verbaasd aan.

'Ja, echt. Bovendien heb je me weer aan het lachen gemaakt.'

'O, maar dat is makkelijk.' Jules draait zijn rug naar haar toe en buigt een beetje door zijn knieën. 'Spring maar op mijn rug.'

'Doe niet zo gek.'

'Kom nou, ik meen het,' zegt Jules.

Isa neemt een aanloopje en springt op zijn rug. Jules begint direct te rennen. Ze slaat haar armen om zijn nek, terwijl hij kriskras door de mensenmenigte rent. Af en toe moet hij opzij voor een kinderwagen of een lantaarnpaal. 'Aan de kant, aan de kant,' roept hij en tot Isa's verbazing gaat iedereen netjes opzij voor hen. Plotseling staat hij stil. Hij laat haar benen in een keer los en Isa moet haar best doen om niet te vallen.

'We zijn er,' zegt hij.

'Waar zijn we?' vraagt Isa.

'Op de allermooiste plek van de stad,' antwoordt hij.

Isa kijkt om zich heen. Ze staan voor een goudkleurig kantoorgebouw. Mannen en vrouwen in nette pakken lopen door de draaideuren in en uit.

'Kom.' Jules pakt haar hand vast. 'Loop gewoon mee en niks zeggen.'

Hand in hand lopen ze de hal in. Het is een reusachtige hal met een marmeren vloer en een wand van goudkleurige spiegels waar een soort waterval langs naar beneden stroomt. Isa staat stil om naar boven te kijken, naar de glazen liften die door een oerwoud van planten in het niets lijken te verdwijnen, maar Jules trekt haar mee.

'Zo gewoon mogelijk kijken,' fluistert hij, terwijl hij naar een van de liften loopt.

Isa moet lachen, maar trekt snel een ernstig gezicht.

In de lift drukt hij op het bovenste knopje. Op bijna elke verdieping stopt de lift en stappen er mensen in of uit. Isa is bang dat een van die mensen straks vraagt wat zij hier doen, maar iedereen staat met zijn gezicht naar de liftdeuren en niemand zegt iets.

Wanneer ze op de bovenste verdieping zijn aangekomen, zijn alle mensen al uitgestapt. Isa en Jules staan in een heel lange lege gang met een dikke rode loper op de vloer.

'Die kant op,' zegt Jules, en hij rent voor haar uit. Aan het eind van de gang zijn twee hoge glazen deuren, die hij opendoet met een gebaar alsof hij er woont.

'Mag dit wel?' vraagt Isa. Ze vindt het eigenlijk een beetje eng. Wat als iemand hen ziet?

'Natuurlijk mag dit,' zegt Jules. 'Heb je dat bordje naast de voordeur niet gezien? KINDEREN ALTIJD WELKOM staat erop.'

'O, dat bordje.' Isa lacht om zijn grap.

Ze staan in een zaal met aan alle kanten ramen. Isa kan haar ogen niet geloven. Vanaf hier kun je de hele stad zien, tot in de verste uithoeken. Ze loopt naar het raam en kijkt naar de kleine straatjes met de piepkleine mensjes. 'Het lijkt wel Madurodam,' zegt Isa.

Jules trekt aan de hendel van een glazen deur en loopt het terras op. 'Moet je zien,' zegt hij, terwijl hij zich over de railing buigt, 'het is echt gruwelijk hoog hier.'

'Doe niet zo eng,' zegt Isa geschrokken.

'Joh,' zegt Jules, 'er kan echt niks gebeuren.'

Isa durft niet naar beneden te kijken. Ze kijkt liever omhoog. Ze gaat op de grond zitten, met haar rug tegen een van de ruiten. Ze kijkt in de verte en ziet de bomen van het park vlak bij haar huis. Als ze goed kijkt, kan ze misschien zelfs net het dak van haar huis zien.

'Ik ben een keer weggelopen van huis,' zegt Jules, terwijl hij naast haar op de grond gaat zitten. 'Toen heb ik de hele dag door de stad gelopen op zoek naar een plek waar niemand me zou kunnen vinden, en zo heb ik dit ontdekt. Als je gewoon doorloopt en doet alsof je iemand komt opzoeken die hier werkt, houdt niemand je tegen. En zeg even dat het hier supermooi is.'

'Het is supermooi,' zegt Isa, en ze meent het nog ook. Het is alsof haar liefdesverdriet en al haar problemen daar ver beneden op de grond zijn. Hierboven is alles alleen maar licht en luchtig. De wind waait al haar gedachten weg.

'O nee,' hoort ze Jules opeens zeggen.

'Wat nee?' vraagt Isa.

'De deur,' zegt Jules. 'Ik hoorde net de deur dichtvallen.'

Hij staat op en loopt naar de glazen deur. 'Er zit niet eens een handvat op aan de buitenkant,' zegt hij. 'Dat betekent dat we niet meer van het balkon af kunnen.' Hij duwt met zijn schouder tegen de rand van de deur, maar er gebeurt helemaal niets.

whatever

Cursus jongens/ meisjes begrijpen

Jongens begrijpen meestal niks van meisjes en meisjes begrijpen niks van jongens. Jongens en meisjes denken anders omdat hun hersenen echt anders in elkaar zitten. Daardoor kunnen meisjes bijvoorbeeld heel goed twee dingen tegelijkertijd doen (huiswerk maken en aan de jongen van hun dromen denken) en jongens meestal maar een (of huiswerk maken of aan het meisje van hun dromen denken).

Jongens die verliefd zijn op een jongen of meisjes die verliefd zijn op een meisje hebben het wat dat betreft makkelijk, omdat ze de ander veel beter begrijpen. Helaas hebben ze het verder vaak moeilijker, omdat niet iedereen op school en thuis het normaal vindt. Terwijl het echt normaal is dat jongens van jongens houden en meisjes van meisjes. Homoseksualiteit bestaat al zo lang als er mensen bestaan.

Waarom zeg ik dit?

Dit zeg ik omdat de meeste tips op mijn blog voor jongens en meisjes zijn, of ze nou verliefd zijn op een jongen of een meisje. Alleen deze tip is echt alleen voor heterojongens en heteromeisjes, om te ontdekken hoe anderen denken en doen. De meeste tips heb ik op internet gevonden. Een paar heb ik zelf bedacht, of samen met mijn vriendinnen.

Jongens begrijpen

1. Breng tijd met ze door
Wil je weten hoe jongens denken en doen? Breng dan zoveel mogelijk tijd met ze door. Ga kijken op een sportveld, ga op het schoolplein in de buurt van een groepje jongens staan en luister ze af, ga bij je broertje/neefje/buurjongen zitten als hij met andere jongens aan het spelen is en zeg zelf helemaal niks, zodat ze vergeten dat jij in de buurt bent.

2. Lees jongensdingen op internet
Lees jongensboeken en surf naar forums op internet waar vooral jongens wat schrijven (iets met sterren, planeten, treinen of dino's bijvoorbeeld).

3. Bestudeer jongens alsof ze een vreemde diersoort zijn
Hou op school een dagboekje bij met jongensdingen. Doe alsof je een bioloog bent die een wilde diersoort bestudeert. Schrijf op wat je ziet. Hoe lopen ze? Hoe

vaak raken ze elkaar aan? Wat voor geluiden maken ze? Hoe kijken ze naar meisjes? Kijken ze wel naar meisjes? Schrijf alles op wat je opvalt.

4. Hoor ze uit
Vraag je broer, beste vriend, neef of buurjongen wat hij denkt dat het verschil is tussen jongens en meisjes. Leg hem een paar voorbeelden voor. Bijvoorbeeld: 'Je beste vriend heeft het uitgemaakt met zijn vriendinnetje. Wat doen jullie? Gaan jullie samen voetbal kijken of praten jullie heel lang over zijn ex-vriendin?'

Meisjes begrijpen

1. Luister ze af
De meeste jongens begrijpen helemaal niks van meisjes en denken dat meisjes ook echt niet te begrijpen zijn. Bedenk dat de verschillen maar heel klein zijn en dat jongens en meisjes eigenlijk veel meer op elkaar lijken dan je zo op het eerste gezicht zou denken. Waarin meisjes wel heel erg verschillen van jongens is de manier waarop ze praten. Het lijkt alsof ze urenlang over niks praten, en meestal is dat ook zo. Alleen vinden meisjes het lekker om over niks te praten. Het probleem is dat als je bij een groepje meisjes gaat staan, ze meestal meteen over iets anders beginnen. De beste manier

om meisjes en hun gesprekken af te luisteren is door bij ze in de buurt te gaan zitten en net te doen alsof je een boek aan het lezen bent.

2. Lees meisjesbladen
Misschien wel de beste manier om meisjes te begrijpen is door meisjesbladen te lezen. Lees bladen zoals de Tina en je snapt al een heel stuk meer van wat meisjes interessant vinden. (Lezen wat meisjes op internet aan elkaar schrijven is ook handig om erachter te komen hoe meisjes denken.)

3. Hoor je moeder uit
Moeders zijn ook meisjes geweest. En bovendien vinden moeders het vaak heel leuk om heel lang te kletsen over meisjesdingen. Vraag je moeder gewoon hoe meisjes denken, wat ze leuk vinden en wat niet. Hoe ze over jongens denken en wat je als jongen nooit of juist altijd tegen een meisje moet zeggen. Wil je moeder weten waarom je opeens interesse hebt in meisjes en begint ze jou uit te horen over de liefde, zeg dan dat je het alleen uit algemene interesse wilt weten.

4. Kijk naar groepen meisjes
Een groot verschil tussen jongens en meisjes is dat meisjes vaak als groep samen zijn. Jongens vinden het leuk

om in een groep dingen te doen zoals voetballen, rennen of iets bouwen, terwijl meisjes vaak bezig zijn met praten óver de groep. Daarom roddelen meisjes veel meer dan jongens. Door dat roddelen geven ze aan wie welke plek in de groep heeft. Wil je snappen hoe die meisjesgroepen werken, ga dan gewoon op een afstandje staan en kijk hoe ze zich bewegen. Misschien valt het je op dat meisjes elkaar heel vaak nadoen. Schudt er eentje met haar haar, dan doen ze dat na een tijdje allemaal. Gaat er eentje met gekruiste benen staan, dan hup, zie je een heleboel gekruiste benen. Als je een meisje leuk vindt, moet je er rekening mee houden dat ze dat altijd aan al haar vriendinnen vertelt. Die vriendinnen zullen ook altijd tegen haar zeggen wat ze van jou vinden, dus lach altijd zo vriendelijk mogelijk naar al haar vriendinnen. En bedenk dat als er één naar jou begint te lachen, ze na een tijdje allemaal naar je zullen lachen, gewoon omdat meisjes elkaar vaak nadoen.

Izzy LOVE

16

Het begint al een beetje koud te worden. Isa hoort beneden op straat auto's toeteren. Mensen die van hun werk naar huis gaan, denkt ze. Hoe ze zich deze middag ook had voorgesteld, ze had nooit kunnen bedenken dat ze hier, hoog boven de stad, met haar blind date de nacht zou doorbrengen. Haar ouders gaan natuurlijk de politie bellen als ze over een paar uur nog niet thuis is. En omdat ze ouder is dan twaalf, gaat de politie niet direct zoeken, dat weet ze nog van de vorige keer, toen Jules van huis was weggelopen en Jack de politie had gebeld. Er is dus geen enkele kans dat de politie hen straks met een helikopter van het dak komt redden.

'Heb jij een telefoon bij je?' vraagt Jules.

Isa schudt haar hoofd. 'Thuis laten liggen,' zegt ze.

'Dat is niet echt handig,' zegt Jules. Hij loopt naar de railing en kijkt omlaag.

'Ik ga daar niet naar beneden klimmen, hoor,' zegt Isa.

'Ik keek alleen of er een brandtrap was,' zegt Jules.

Isa legt haar hoofd op haar handen. Daar zit ze, met haar blind date op de driehonderdste etage van een of ander kantoorgebouw waar ze het, als het straks donker wordt, ijskoud gaan krijgen. Ze rilt al bij het idee dat ze hier de hele nacht op die koude stenen vloer moet zitten.

'Zo.' Jules gaat naast haar op de grond zitten en slaat zijn arm om haar schouders. 'Dan blijf je een beetje warm.'

Ondanks de absurde situatie vindt Isa het wel romantisch. Jules is van alle jongens die ze kent haar beste vriend. De enige keer eerder dat ze een beste vriend heeft gehad, was in groep één. Daan en zij kenden elkaar al vanaf de crèche. Ze hadden samen in de zandbak gespeeld en hadden samen die eerste dag hand in hand op het schoolplein gestaan. Maar toch telt dat niet, vindt Isa. Een beste vriend hoort ouder dan zes te zijn. Ze vindt het spannend om een jongen als beste vriend te hebben. Het heeft iets stoers. Maar nu ze hier zo met hem zit en zijn ademhaling vlak naast zich hoort, voelt het toch anders dan wanneer ze hier met Cato of Sofie zou hebben gezeten.

'Hoe laat is het?' vraagt Isa.

'Ik heb geen idee,' zegt Jules, die nog steeds met zijn arm om haar heen zit. 'Maar ik denk een uur of zes.'

'Ik krijg stenen billen van dat zitten,' zegt Isa. Ze zegt het zo zakelijk mogelijk. Ze wil niet dat hij merkt dat ze hem behoorlijk leuk begint te vinden. Dat kan natuurlijk ook helemaal niet, want een paar uur geleden huilde ze nog om Tristan. Dan kan ze nu toch niet al verliefd worden op iemand anders?

'Wacht maar tot morgenochtend,' zegt Jules, 'dan heb je niet alleen een stenen kont, maar ook een stenen rug en een stenen hoofd.'

'Je denkt toch niet echt dat we hier de hele nacht moeten doorbrengen?'

'Het zou kunnen,' zegt Jules.

'Er moet toch iemand zijn die ons kan horen hierboven?' Isa staat op en slaat met twee vuisten op het glas. 'Hallooooooooowaaaaaaaaaaaaa, is daar iemand? Hallooooooooooooowaaaaaaaaaaaaa, oehoe! Kan er iemand opendoen?'

'Niemand hoort je hoor,' zegt Jules. 'Het is echt kansloos.'

Isa gaat weer zitten. Hoe heeft ze stom kunnen zijn om haar telefoon thuis te laten liggen?

'Misschien moeten we wel het hele weekend hierboven op deze toren blijven zitten,' zegt Isa. 'Ik las op internet een verhaal over een man in New York die op vrijdagmiddag voor kerst in de lift vast kwam te zitten en toen pas op dinsdag werd gered. Volgens mij kun je niet eens zo lang zonder drinken. Misschien is dit wel het einde van ons leven,' zegt Isa.

Zonder iets te zeggen zitten ze naast elkaar. 'Ik vind dit echt de leukste blind date die ik ooit heb gehad,' zegt Isa na een poosje.

Jules slaat zijn arm weer om haar heen. 'Heb je al veel blind dates gehad?' vraagt hij.

'Nee, jij bent de eerste.'

'Ik ben natuurlijk niet een echte blind date,' zegt Jules, 'want je kende me al.'

'Nou ja, ik kende je natuurlijk niet heel erg goed. Ik wist bijvoorbeeld niet dat je zo goed gitaar kon spelen en zingen.'

'Vond je het echt mooi?' vraagt Jules.

Isa knikt.

'Zal ik nog wat zingen?' vraagt hij.

'*So much for my happy ending,*' zingt Jules uit het liedje van Avril Lavigne.

'O, o, o, o, o, o...' zingt Isa.

'Weet je dat ze op de cd "*all the* shit *that you do*" zingt en dat ze daar in Amerika een speciale radioversie van hebben gemaakt waar ze "*all the* stuff" zingt?' vraagt Jules.

'Echt?' vraagt Isa.

'Yep,' zegt Jules, en hij zingt verder: '*All the things you hide from me. All the stuff that you do...*'

'Shit,' zegt Isa.

'Nee, *stuff,*' zegt Jules.

'Ssst. Ik hoorde iets binnen,' zegt Isa, en ze kruipt nog dichter tegen Jules aan.

'Blijf hier zitten,' zegt Jules. Hij staat op.

'Alsof ik ergens naartoe zou kunnen,' zegt Isa.

Jules loopt naar de glazen deur en begint er dan hard op te bonken. 'Het is een schoonmaker,' zegt hij. 'Hallo, menéér, hallooooo.'

Een oude man in een bruine stofjas doet de deur open voor Jules.

'Hebben ze je buitengesloten, jongen?' vraagt de man.

Snel staat Isa op en ze loopt naar de deur. De schoonmaker kijkt haar verbaasd aan. 'Met hoeveel zitten jullie hier?' vraagt hij.

'Alleen wij tweeën,' zegt Isa.

'Nou, jullie hebben geluk,' zegt de man. 'Als ik niet was langsgekomen, hadden jullie hier de hele nacht moeten zitten.'

'Zal ik je thuisbrengen?' vraagt Jules wanneer ze even later buiten op de stoep staan.

'Nee, ik loop wel alleen,' zegt Isa.

'Ja, maar ik heb van je vriendinnen de opdracht gekregen om de hele middag je blind date te zijn en je daarna thuis te brengen.'

Isa voelt zich helemaal week worden bij het idee dat Cato en Sofie dit speciaal voor haar hebben geregeld zodat zij Tristan zou vergeten. En het is nog gelukt ook, want de hele middag heeft ze bijna geen seconde aan hem gedacht. Behalve heel even dan.

'Hier,' zegt Jules, en hij haalt een Pritt-stift uit zijn zak.

'Eh, dank je wel,' zegt Isa. 'Een Pritt-stift, dat is precies wat ik altijd al wilde hebben.'

'Dat wist ik,' zegt Jules. 'Veel plezier ermee.' Hij steekt zijn hand naar haar uit en geeft een zoen op de rug van haar hand.

Isa hoort de kerkklok zeven keer slaan. Ze zou om zeven uur thuis zijn, dus ze moet zich haasten. Na zessen mag ze niet meer door het park lopen van haar moeder en moet ze een omweg maken. 'Doei,' zegt ze tegen Jules, en ze zet het op een rennen.

Aan het eind van de straat kijkt ze nog een keertje om. Jules staat nog steeds voor het gouden gebouw en zwaait naar haar, met twee armen. Isa glimlacht. Hij is geen Tristan, maar hij is wel leuk. En bovendien is hij haar beste vriend, dat heeft hij zelf gezegd.

Wanneer ze nog een keer naar boven kijkt, naar het dak waar ze net nog zaten, ziet ze een zwaluw vliegen. Die vliegt na de zomer naar Spanje, Tristan achterna. Rennend langs het park zingt ze het liedje dat Jules op het dak nog voor haar zong. *You were everything, everything, that I wanted. We were meant to be, supposed to be, but we lost it.*

De koude avondlucht prikt in haar neus. Gelukkig is ze bijna thuis.

Wanneer ze weer veilig in haar kamer zit, leest ze de gemiste berichten op haar mobiel:

Hoe was de BD?????? XXXK-to

Net wanneer ze haar vriendin een bericht terug wil sturen, piept haar telefoon opnieuw.

Iwannaknoweverythingggggg Sooofie

Isa schrijft ze allebei tegelijk terug:

Was sssssssuper. Kom morgen hierheen. Vertel ik alles over de big BD!!! Izzy

Snel kijkt ze nog even op haar vriendenpagina en ziet tot haar schrik dat Tristan een berichtje heeft geschreven.

El Tristan (86) reageer
vandaag, 18:08 verwijder

Ola Izzy... Het is lekker warm hier in Spanje :-! Graadje of 100 denk ik.
Ik krijg bijna heimwee naar de Hollandse regen ;) Ik heb je fotolijstje boven mijn bed gehangen. Zo kan ik elke dag een beetje aan je denken... Maar niet te veel natuurlijk, want anders ga ik je nog missen :-(Het spijt me dat het uit is tussen ons, maar ik kon niet anders, dat begrijp je toch wel? En wie weet komen we elkaar nog een keer tegen. Waar je ook bent, hoe oud je ook zal zijn, ik zal je altijd herkennen!!! Ga ik nu even naar buiten om chickies te kijken... (nee hoor, grapje ☺).
Besos, T.

Het liefst wil ze hem gelijk antwoorden om hem te vertellen over haar avontuur op het dak. Ze wil hem vertellen dat ze zeker weet dat ze elkaar op een dag zullen tegenkomen. En ze wil schrijven dat ze zijn chickies-grap de stomste grap vindt die hij ooit heeft gemaakt. Maar dan bedenkt ze zich. Zonder er lang over na te denken verwijdert ze zijn bericht. Ze sluit de vriendenpagina af en gaat naar haar mailprogramma. Ze klikt op het mapje Tristan. Met trillende vingers sleept ze het hele mapje naar de prullenbak en dan klikt ze op LEEG PRULLENMAND. Al die honderden mailtjes die ze van hem heeft bewaard gaan nu naar het computerkerkhof. WEET U ZEKER DAT U DE PRULLENMAND WILT LEGEN? staat er op haar scherm. Met haar ogen dicht klikt ze op de JA-knop. Ze weet het honderdduizend procent zeker.

liefdesverhalen

Het verhaal van Abelard en Heloïse is misschien wel het zieligste liefdesverhaal uit de geschiedenis.

Zo'n duizend jaar geleden woonde er in Parijs een beroemde filosoof, Pierre Abelard. Vanuit heel Europa kwamen studenten naar Parijs om les te krijgen van Abelard. Een van die studenten was Heloïse, een jonge vrouw die bij haar oom in huis woonde en op dat moment misschien wel het slimste meisje van Frankrijk was. Ze sprak vloeiend Latijn, Grieks en Hebreeuws en kende de hele bijbel uit haar hoofd. Vanaf de eerste dag dat Abelard haar zag, was hij in loooooove – of amoureux, zoals de Fransen zeggen. Om bij haar in de buurt te komen, vroeg hij aan de oom of hij diens nichtje privéles mocht geven. De oom stemde toe, want hij wilde graag dat zijn nichtje nog slimmer werd dan ze al was. En als hij haar toch privéles ging geven, zei Abelard, was het misschien wel handig als hij bij de twee in huis kwam wonen. De oom vond alles goed. Maar niet voor lang.

Abelard was meer dan twintig jaar ouder, maar hij was slim en charmant en ook nog eens razend aantrekkelijk.

Binnen de kortste keren viel Heloïse als een blok voor haar knappe leraar. Ze schreven elkaar de mooiste liefdesbrieven. 'Jij bent mij en ik ben jou,' schreef Abelard. 'Ik keek in je ogen, volgde al je bewegingen, zag wie je was en beefde wanneer ik je zag,' schreef Heloïse.

Maar behalve brieven schrijven en in elkaars ogen kijken, deden Abelard en Heloïse meer. Ze rollebolden over elkaar en op een dag was Heloïse zwanger. Haar oom was woedend en Abelard en Heloïse vluchtten naar het platteland van Bretagne. Abelard wilde wel trouwen met de moeder van zijn zoon, die inmiddels geboren was, maar de universiteit waar hij lesgaf verbood leraren in die tijd om getrouwd te zijn. Daarom trouwden ze in het diepste geheim en daarna gingen ze uit elkaar. Heloïses oom was razend omdat hij dacht dat de leraar zijn nichtje met kind en al in de steek had gelaten. Midden in de nacht stuurde hij een paar mannen met messen naar het huis van Abelard. 'En daar,' schreef Abelard later, 'sneden ze de delen van mijn lichaam af waarmee ik de daad die zij verfoeiden, had gepleegd.'

Nu heel Parijs schande sprak van de leraar en zijn leerling en het drama dat had plaatsgevonden, gingen beiden het klooster in. Ze hoopten elkaar zo te vergeten. Hun zoon werd naar een verre tante gebracht, die de jongen nooit vertelde wie zijn echte ouders waren.

Heloïse was nu een non, die bad en zong, maar die

haar geliefde maar niet vergeten kon. Er ging geen dag voorbij dat ze niet aan hem dacht. In een heel ander klooster woonde Abelard, die sober als een monnik leefde, maar ook voortdurend aan haar dacht.

Tien jaar later werd er in het nonnenklooster een brief bezorgd, een brief van een verdrietige monnik aan een verdrietige non. Vanaf dat moment schreven ze elkaar prachtige brieven, want schrijven, dat konden ze allebei heel goed. Het waren de mooiste liefdesbrieven die ooit zijn geschreven. Nooit zagen zij elkaar meer, maar in hun brieven waren ze nog vele jaren bijna dagelijks samen.

Een paar jaar voor zijn dood schreef Abelard zijn laatste brief. 'Ach, Heloïse,' schreef hij, 'jouw hart brandt nog steeds met vuur dat je maar niet kunt doven. En ook mijn hart is onrustig. Denk niet, liefste, dat ik het hier prima naar mijn zin heb. Voor de allerlaatste keer zal ik mijn hart voor je openen. Ik kan je maar niet vergeten en hoewel ik vecht tegen mijn gevoelens voor jou, leef ik mee met jouw verdriet. Ik heb gehuild om je brieven. De woorden geschreven door jouw lieve hand laten mij niet onberoerd. Ik doe mijn best mijn gevoelens te verbergen hier in het klooster, maar ik kan het niet. Ziehier, lieve Heloïse, de ellendige staat waarin ik verkeer. Ik smeek je: schrijf mij niet meer.'

'Ik hoop,' schreef Heloïse in een van haar laatste brieven,

'dat als dit aardse leven over is, je naast mij in het graf wilt liggen. We zullen niets te vrezen hebben en mijn graf zal kostbaar zijn en heel beroemd.'

Helaas voor Heloïse werd ze niet naast haar geliefde begraven, maar honderden kilometers verderop, in een graf dat niet kostbaar was en ook niet beroemd.

Het verhaal gaat dat zeshonderd jaar later Joséphine, de vrouw van keizer Napoleon, de beroemde brieven van het liefdespaar las en tot tranen was geroerd. Zij zou ervoor hebben gezorgd dat het lichaam van Heloïse werd overgebracht naar Père-Lachaise, de beroemdste begraafplaats van Parijs, waar ze opnieuw begraven werd naast het graf van haar geliefde. Hoewel niemand weet waar de twee geliefden liggen, komen er nog altijd mensen naar de begraafplaats omdat hier een van de beroemdste liefdesparen uit de geschiedenis ligt. Voor altijd samen.

Izzy LOVE

17

'Dat meen je niet!' zegt Sofie, wanneer ze met z'n drietjes in Isa's kamer zitten. 'Heb je al zijn mails weggegooid?'

Isa knikt.

'Heb je ook geen kopietjes bewaard?' vraagt Cato, die haar hoofd schudt van ongeloof.

'Helemaal niks,' zegt Isa. 'Ik was opeens zo boos. Wat denkt hij wel, om het zomaar uit te maken? En waar ik helemaal boos over was, was dat hij het al die tijd heeft geweten en mij niks heeft verteld. En dan gaat hij me nu opeens van die slijmerige mailtjes sturen dat hij me mist.' Isa kijkt haar vriendinnen lachend aan, trots op wat ze heeft gedaan.

'Jij bent echt cool,' zegt Cato.

'Maar vertel,' zegt Sofie, 'hoe was de Big Blind Date?'

'Superleuk en doodeng.'

'Eng?' Sofie trekt haar wenkbrauwen op. 'Niet romantisch?'

'Ja, ook romantisch,' geeft Isa toe. Ze vertelt over het dak waar zij en Jules opgesloten hebben gezeten.

'Had je ons niet kunnen bellen?' vraagt Sofie. 'Dan waren we je komen redden.'

'Ja, als ik een telefoon bij me had gehad, had ik daar niet zo lang gezeten.'

'Had Jules geen mobiel dan?' wil Cato weten.

'Dat mag hij niet van zijn moeder.'

'Wacko,' zegt Sofie.

'Maar wat was er nou romantisch?' vraagt Cato.

'Hij heeft heel lieve liedjes voor me gezongen, speciaal om me op te vrolijken, en hij sloeg zijn arm om me heen toen het een beetje koud werd op het dak.'

'Woei-ie,' zegt Sofie, en ze rolt met haar ogen.

'Is hij in loooooove?' vraagt Cato.

'Jongens,' zegt Isa, 'het was gewoon leuk, meer niet. Ik ben echt niet verliefd op hem.'

'Ja, ja,' zegt Sofie, en ze tuit haar lippen.

Isa geeft haar vriendin een stomp tegen haar arm.

'Au,' roept Sofie.

'Gaan we nog iets lolligs doen vandaag?' vraagt Isa.

'Eh, we kunnen potloden gaan stelen bij Ikea,' zegt Sofie. 'Ik zeg maar wat.'

'Dat is wel lollig, ja,' reageert Isa.

'Is dat niet heel erg illegaal?' vraagt Cato.

'Weet je hoeveel van die kleine potloodjes wel niet worden gejat daar?' vraagt Sofie.

'Heb ik nog nooit over nagedacht,' zegt Cato.

'Wat heb je eigenlijk aan die potloodjes?' vraagt Isa.

'Joh,' zegt Sofie, 'het schijnt dat Ikea hele bossen moet omzagen om die bakken met kleine potloodjes aan te vullen. Er gaat meer hout op aan potloodjes dan aan Billy's.'

'Billy's?' vraagt Isa.

'Dat zijn van die boekenkasten,' zegt Cato.

'Wie noemt er nou een kast Billy?'

'Ik heb op Wikipedia gelezen dat er twee Ikea-medewerkers zijn die de hele dag in een auto door Zweden rijden om namen te verzinnen. Daarom heten die dingen allemaal Sneufheuf en Snafhav, dat zijn dorpjes in Zweden en Denemarken,' zegt Sofie.

'En Billy dan?' vraagt Isa.

'Volgens mij gebruiken ze ook voornamen,' zegt Sofie.

'Halleu, ik ben Cateu, ik ben een tweepersoonsboxspring.'

'Halleu, ik ben Isabella Stromboleuv, ik ben een houten wasrekje.'

'Halleu, ik ben Seuphie, ik ben een ballenbak,' zegt Sofie, waarna Isa keihard begint te lachen.

'Kijk,' zegt Cato tegen Isa. 'Nu lach je weer.'

'Ik lach al de hele tijd.'

'Ja, maar nu was je die cowboy vergeten, toch?' zegt Cato.

Isa moet haar vriendin gelijk geven. Ze heeft even helemaal niet meer aan hem gedacht. Ze vindt het lief dat haar vriendinnen zo hun best doen om haar voortdurend op te vrolijken.

'Hé, jongens, gaan we nog potloodjes halen bij Ikea?' vraagt Sofie.

'Dat doe ik niet hoor,' zegt Isa. 'Straks worden we gepakt.'

'Maar je mág ze meenemen, dus het is niet echt stelen,' zegt Sofie.

'Ik weet wat leukers,' zegt Cato. 'We gaan wel naar Ikea, maar dan gaan we foto's maken van onszelf in al die woonkamers.'

'Ja, dan doen we net alsof we op kamers wonen,' zegt Isa.

Isa komt bijna nooit bij Ikea, maar toevallig is er net een aan de kant van de stad waar zij woont. Klein obstakel is dat haar ouders het niet goed vinden dat ze alleen naar Ikea gaat.

Pas nadat ze een halfuur heeft gesmeekt en haar geheime OMO-technieken heeft ingezet – Onderhandelen Met Ouders – mag ze met haar vriendinnen naar Ikea.

'We hebben een dreumkeuken,' zegt Sofie, wanneer ze door het mini-appartement halverwege de showroom loopt.

'En een dreumbank,' zegt Isa, terwijl ze neerploft op een reusachtige donkerpaarse loungebank.

'En een bed om lekker op weg te dreumen,' zegt Cato, die naar het tweepersoonsbed loopt in de kamer ernaast.

'Iemand een kopje sjeukeulademelk?' vraagt Sofie vanuit de keuken.

'Heul lekker,' zegt Isa, die op de bank is gaan liggen en een staande leeslamp heeft aangeklikt.

Sofie loopt naar de badkamer, die helemaal betegeld is met knalgele tegels. Ze trekt haar T-shirt over haar schouders naar beneden en wikkelt het douchegordijn om zich heen. Ze lacht haar filmsterrenlach.

'Nu wil ik een foto van jou maken,' zegt Isa, die achter haar aan is gelopen.

'Jullie moeten echt even naar de slaapkamer komen,' zegt Cato, die haar hoofd om de hoek van de badkamer heeft gestoken. 'Die is echt zo chill.'

Met z'n drieën laten ze zich op een groot ijzeren ledikant met een gebloemde sprei vallen.

'Als we hier nou een foto van maken,' zegt Isa.

'Eigenlijk moet ik nog wat borden en bestek halen uit de keuken,' zegt Sofie. 'Dan doen we net alsof we ontbijt op bed hebben.'

'Jan-Peter wil opgehaald worden uit het kinderparadijs. Jan-Peter wil opgehaald worden uit het kinderparadijs,' klinkt een harde stem uit de luidsprekers. Een paar minuten later wordt het nog een keer omgeroepen. 'Willen de ouders van Jan-Peter hem ophalen uit het kinderparadijs?' De vrouw die het omroept klinkt nu een beetje geïrriteerd.

'Arme Jan-Peuter,' zegt Sofie. 'Zijn ouders zijn hem gewoon vergeten. Die zitten nu lekker thuis op de Ikea-bank, zegt die vader opeens: "Hé, waar is Jan-Peuter?" Zegt die moeder: "Oeps, heulemaal vergeuten."'

'Zal ik nog een feuteu maken?' vraagt Isa.

'Zal ik 'm maken?' hoort ze opeens een stem vlak achter zich.

Isa draait zich om. Als ze ziet wie het is, moet ze bijna blozen, al snapt ze niet goed waarom. 'Wat doe *jij* nou hier?' vraagt ze.

Op dat moment klinkt keihard de stem van de mevrouw van het kinderparadijs door de winkel: 'Jan-Peter wil nú opgehaald worden uit het kinderparadijs.'

nieuws

Cursus OMO – Onderhandelen Met Ouders

Welkom bij de cursus OMO – Onderhandelen Met Ouders. Als je iets abnormaals wilt doen met je vrienden of vriendinnen, dan is het handig als je je ouders kunt overtuigen. Ouders worden namelijk altijd een beetje zenuwachtig als je iets alleen met je vrienden of vriendinnen gaat doen (kamperen, rondhangen in een winkelcentrum, naar de bioscoop, uitgaan, logeerfeestjes, 's avonds op een pleintje hangen omdat je daar hebt afgesproken met je vrienden). Waarschijnlijk reageren ze zo heftig omdat ze:

A. dat vroeger zelf ook deden met hun vrienden en dan vreselijke dingen uithaalden waarvan ze niet willen dat jij ze doet.

B. dat vroeger zelf nooit hebben gedaan en nu bezorgd zijn dat jij het wel doet.

Gelukkig zijn ouders ook gewone mensen (de meeste dan) en als je goed je best doet, kun je heel veel van ze gedaan krijgen. Na jaren oefenen op mijn eigen ouders, weet ik nu wel ongeveer hoe het moet. Daarom hier de cursus OMO!

1. Wees extra aardig

Met blije ouders is het beter onderhandelen. Wees daarom extra aardig. Geef complimenten, dat vinden ouders altijd leuk. Zeg tegen je moeder: 'Goh, mam, wat zie je er mooi uit vandaag.' Of geef haar een dikke zoen en zeg: 'Hier, omdat je mijn lievelingsmoeder bent.' Vaders zijn meestal ook dol op onverwachte knuffels en zoenen. Begin je aardigheidstactiek niet vijf minuten voor je gaat onderhandelen, want dan valt het te veel op. Begin er het liefst 's ochtends vroeg mee, of nog beter, een dag ervoor.

2. Bereid je goed voor

Bedenk voor je gaat onderhandelen welke argumenten je kunt gebruiken om ze over te halen en probeer alvast te bedenken wat zij daartegenin gaan brengen. Stel dat je met je vrienden of vriendinnen uit wilt en je moet onderhandelen over hoe laat je thuis mag komen. Waarschijnlijk weet je al dat je ouders nooit meteen ja gaan zeggen, want eigenlijk vinden ze het een beetje eng dat je uitgaat. Maar ze willen het je ook niet verbieden. Begin daarom met een belachelijke tijd. Zeg: 'Is het goed als ik om drie uur thuiskom?' Je ouders zullen direct een tegenbod doen en zeggen: 'Nee, drie uur is echt veel te laat. Wij vinden dat je om middernacht thuis moet zijn.'

Vervolgens kijk je ze lief aan en zeg je: 'Dank je wel.'

3. Kies het juiste moment

Begin nooit een onderhandeling als je ouders moe zijn, aan het werk zijn, vrienden op bezoek hebben of staan te koken. Een rustig moment als je denkt dat ze in een goede bui zijn is perfect. Een moment kiezen waarop ze het heel druk hebben, kan ook goed werken, trouwens. Dus terwijl je moeder bij de kassa van de supermarkt boodschappen aan het uitladen is, zeg je zo nonchalant mogelijk: 'O ja, mam, is het goed als ik vanmiddag mijn neus laat piercen?'

4. Speel je ouders niet tegen elkaar uit

Zorg dat je ouders niet als een blok tegenover je komen te staan. Als je moeder zegt: 'Je vader en ik vinden dat niet goed,' dan weet je dat je weinig kans maakt omdat het twee tegen één is. Maar andersom is ook erg. Dus zeg niet tegen je vader: 'Maar van mama mag het wel...' En zeg ook niet tegen je moeder: 'Ik vraag het wel aan papa.' Zodra ouders denken dat je ze tegen elkaar gaat uitspelen, vormen ze direct een blok. Als je ouders gescheiden zijn, moet je daar helemaal mee oppassen, want dan zijn ze extra gevoelig voor wat de ander vindt of doet.

5. Oefen

Onderhandelen moet je oefenen. Het is handig om met kleine onderhandelingen te beginnen. Een halfuur later naar bed, een nieuwe jas, een zak snoep – probeer het voor elkaar te krijgen met de technieken die je hier hebt geleerd. Als je er na een tijdje heel goed in bent, kun je de technieken gebruiken voor serieuzere zaken zoals meer zakgeld, feestjes buiten de deur, vakanties en nog veel meer.

6. Bedank je ouders

De reden dat ouders soms moeilijk doen is omdat ze bang zijn dat jou iets overkomt. Dat je verdwaalt, ziek wordt, oververmoeid raakt, verdrietig of teleurgesteld wordt. Zorg dus dat je je altijd aan je afspraken houdt en bedank ze aan het eind van de onderhandeling. Gooi er een extra zoen of knuffel tegenaan.

Izzy LOVE

18

'Wat doe jij hier?' vraagt Isa nog een keer, wanneer ze Jules opeens in de Ikea-kamer ziet staan.

'Shoppen.' Jules lacht verlegen en hij strijkt een paar keer met zijn hand door zijn lange haar.

'Alleen?'

'Nee, met Jack,' zegt Jules.

'Welkom in ons nederige stulpje,' zegt Sofie, die uit de slaapkamer tevoorschijn is gekomen.

'Leuk huis hebben jullie.' Jules loopt door de woonkamer en doet alle deurtjes van de kastenwand open en dicht. 'Beetje weinig daglicht.'

'*Ola, amigo,*' zegt Cato, die nu ook tevoorschijn is gekomen.

'*Ola,*' zegt Jules. Heel even voelt Isa een scheutje jaloezie, al begrijpt ze niet waarom dat is.

'Kopje thee?' vraagt Sofie, die met een dienblaadje met vier lege kopjes vanuit de keuken de woonkamer in is gekomen.

Met z'n vieren zitten ze op de grote bank. Er loopt een vrouw langs, die nieuwsgierig de woonkamer in kijkt. Haar dochtertje van een jaar of twee loopt naar binnen en drukt op de knopjes van de televisie.

'Roosje, hier komen,' zegt de vrouw.

'Reusje, hier keumen,' fluistert Sofie.

'We praten Zweeds,' zegt Isa tegen Jules, 'dat is echt zo grappig.'

'Weet je,' zegt Jules, 'ik moet eigenlijk weer gaan. Jack zou op me wachten bij het restaurant. Ik sms je nog wel.'

Nog voor Isa iets heeft kunnen zeggen, is Jules de showkamer uit gelopen.

'Ajeu!' roept ze hem nog na, maar hij is al weg.

'Zullen we verhuizen?' vraagt Sofie.

'Verhuizen?' vraagt Cato.

'Ja, naar een ander Ikea-huisje,' zegt Sofie, die opstaat en naar het gangpad loopt. Aan het eind van het gangpad zien ze een studentenkamer. WOONGENOT VOOR STUDENTEN OP 12 VIERKANTE METER staat er op een bord boven de kamer. In het kamertje staan een hoogslaper en een tweepersoonsbankje en in de hoek is een minikeukentje gebouwd.

'Later wonen wij ook zo,' zegt Cato, wanneer ze met z'n drietjes dicht tegen elkaar aan zitten op het tweepersoonsbankje.

'Ik dacht zelf meer aan een penthouse met uitzicht op het park,' zegt Sofie.

'Dat is goed,' zegt Cato. 'Als jij dat regelt, dan komen Isa en ik bij jou in de *crib* wonen.'

'*Crib*?' vraagt Sofie.

'Dat is zo'n programma op MTV waarbij ze op bezoek gaan bij villa's van beroemde Amerikanen. Ken je dat niet?' vraagt Isa.

'Nooit van gehoord,' zegt Sofie.

'Maakt niet uit,' zegt Isa. 'Tegen de tijd dat jij je penthouse gaat inrichten, laat ik het je wel eens zien.'

'Over MTV gesproken,' zegt Sofie, 'grappig dat we je blind date tegenkwamen.'

'Wat heeft dat met MTV te maken?' vraagt Isa.

'Niks,' zegt Sofie met een glimlach, 'maar ik zag heus wel hoe mister Jules net naar je keek, hoor. Volgens mij vindt hij je *heul* leuk.'

'Doe niet zo gek,' zegt Isa en ze geeft haar vriendin een duw.

'Pas op,' zegt Cato, die aan de andere kant naast Sofie zit, 'ik val bijna op de grond.'

'Oké,' zegt Isa. 'Ik kan jullie vertellen dat het leuker was dan ik had gedacht. Zo leuk, dat ik zelfs Tristan helemaal vergat.'

'Vind je hem zó leuk?' vraagt Cato.

'Nee,' zegt Isa, 'niet zó leuk, maar hij was wel schattig.'

'Weet je dat jongens het vreselijk vinden als je ze schattig noemt?' vraagt Sofie.

'Ja,' zegt Isa, 'maar toch was hij schattig. Hij kan heel mooi gitaar spelen en zingen en hij heeft 'Big Girls Don't Cry' voor me gezongen, echt zo lief.'

'Jongens vinden het ook niet leuk als je ze lief noemt,' zegt Sofie.

'Soof, hou je mond,' zegt Cato, 'laat Isa uitpraten.'

'En toen we afscheid namen, haalde hij een Pritt-stift uit zijn zak en die gaf hij aan me,' zegt ze, en ze voelt dat ze moet blozen.

'Een Pritt-stift?' vraagt Sofie.

'Zo'n lijmstift,' zegt Cato.

'Ja hallo, ik weet wel wat een Pritt-stift is,' zegt Sofie, 'maar wat moet je daarmee? Had-ie niet beter iets van chocola kunnen geven of iets anders waar je nog wat aan hebt? Wat moet je nou met een Pritt-stift?'

'Nou, het kan best handig zijn,' zegt Isa.

'Ja, om een gebroken hart mee te lijmen,' zegt Cato.

'Toch vind ik het raar,' zegt Sofie.

'Ik vind het wel *cute*,' zegt Isa.

Later die middag zit Isa thuis in de achterkamer achter haar laptop. Vandaag schrijft ze niet over de liefde, maar over vriendschap. Waarom zeg je wel tegen een jongen of een meisje op wie je verliefd bent dat je hem of haar leuk vindt, maar waarom zeg je dat nooit tegen je beste vrienden? Behalve dan op internet, maar dat telt niet echt, vindt Isa, want daar zegt iedereen 'ik hou van jou' tegen elkaar. Ook als je elkaar helemaal niet zo leuk vindt. Maar van Cato en Sofie houdt ze wel. Ze zijn zelfs net zo belangrijk als Tristan ooit is geweest. Nee, denkt ze, nog veel belangrijker. Cato en Sofie ziet of spreekt ze elke dag. Die kennen haar beter dan wie dan ook. Ze heeft het al zo vaak onder aan haar mailtjes gezet, maar ze houdt echt van ze. Ze wil ze nooit en nooit meer kwijt.

'Wat zit jij in jezelf te lachen?' klinkt opeens de stem van haar moeder.

'Ik was wat aan het schrijven over mijn vriendinnen,' zegt Isa.

'Dan snap ik het,' zegt haar moeder, die naast haar is komen zitten. 'Je hebt ook heel leuke vriendinnen. Maar zij hebben ook een heel leuke vriendin.' Haar moeder strijkt met haar hand over Isa's haar.

'Ik háát koken,' hoort Isa haar vader uit de keuken roepen.

'Je vader is risotto aan het maken,' zegt haar moeder en ze knipoogt naar Isa. 'Ik denk dat ik 'm even geestelijke ondersteuning moet gaan geven.'

'Gatver, ik hou niet van risotto,' roept Max, die het gesprek heeft gehoord.

'Volgens mij weet je niet eens wat het is,' zegt Isa.

'Jawel,' zegt Max. 'Dat is zo'n heel smerig rijstprutje met dode vissen erdoor.'

'Ja,' zegt Isa, 'je kunt geen risotto met lévende vissen serveren.'

'Mam, mag ik friet?' roept Max van achter zijn legokasteel.

'We eten allemaal friet vanavond,' zegt zijn vader, die in de deuropening is komen staan. 'Want de risotto is aangebrand en over een uur krijgen we gasten.'

'Joepie,' roept Max, 'friet, friet, friet!'

'Wie komen er eten?' vraagt Isa.

'Jack natuurlijk,' zegt haar vader.

'Maar die komt toch altijd op vrijdag?' vraagt Isa.

'Ja,' zegt haar vader, die zijn kookschort op een stoel heeft gelegd, 'maar gisteren kon hij niet. Bovendien heb ik gezegd dat ik de lekkerste visrisotto maak, beter nog dan je in Italië zou eten.'

'In ieder geval de meest aangebrande,' zegt Isa's moeder.

'Gaan we echt friet eten, mam?' vraagt Max.

'Ik ben bang van wel,' zegt zijn moeder.

'Hoezo bang? Friet is hartstikke lekker.'

'Hé, Jack,' zegt Isa's vader een halfuur later tegen zijn vriend. 'Ik hoorde van Isa dat je vandaag bij Ikea was. Wat deed je daar nou?'

'Jules had een nieuw bed nodig. Die arme jongen sliep in het bed waar ik zelf als kind nog in heb geslapen. We zijn vier uur bezig geweest om dat bed in elkaar te zetten.'

'Dan moet je maar geen Ikea-bed kopen,' zegt Isa's vader.

'Hé, Isa,' zegt Jack, alsof hij haar nu pas aan tafel ziet zitten.

'Hoi, Jack.'

Jack gaat aan tafel zitten en zegt: 'Jullie raden nooit wat ik onder Jules' bed vond.'

'Laat me raden,' zegt Isa's vader.

'Hier,' zegt Jack, en hij legt een poppetje op tafel. 'Het zat in een zakdoek gewikkeld. Het lijkt wel een soort voodoopop. Ik heb geen idee hoe lang dat daar al ligt, maar het zou me niks verbazen als een van mijn exen dat een keer onder het bed heeft gelegd.'

Isa kijkt zonder met haar ogen te knipperen naar het poppetje dat zij van brooddeeg heeft gemaakt. Het voodoopoppetje dat ze maakte om Tristans liefde terug te winnen. Hoe is dat ding onder het bed van Jules terechtgekomen?

'Komt Jules niet eten?' vraagt ze aan Jack.

'Die kan er elk moment zijn,' zegt hij. 'Hij ging nog een Nintendo-spelletje kopen. Hoezo?'

'O, gewoon,' zegt Isa.

'Ik hoorde dat jullie gistermiddag hadden afgesproken,' zegt Jack. 'Leuk. Die arme jongen kent nog zo weinig mensen hier. Hij moet de hele tijd naar dat geklets van zijn vader luisteren.'

Isa luistert allang niet meer naar wat Jack zegt. Nintendospelletje... Opeens weet ze hoe haar voodoopop onder het bed van Jules terecht is gekomen. Die avond dat ze bij Jack kaasfondue gingen eten en zij boven haar jas op het bed had neergelegd om met Jules te gamen. Die avond was haar telefoon uit haar jaszak gevallen, en blijkbaar ook haar voodoopop. Isa pakt de pop op. Het deeg is hard als steen geworden en er is een voetje afgebroken. Op het gezicht zitten kleine barstjes, waardoor je niet eens meer ziet dat het Tristan moest voorstellen. Er zit stof op en vuil, waardoor hij er inderdaad nogal griezelig uitziet.

'Eng is hij, hè?' zegt Jack.

Isa knikt, hoewel ze het poppetje helemaal niet eng vindt. Het is gewoon Tristan als voodoopop.

Jack pakt de pop uit haar handen. 'Ik ga hem thuis weggooien,' zegt hij.

'Je kunt hem hier toch ook weggooien?' zegt Isa's vader.

'Nee, als het echt een voodoopop is, wil ik dat risico niet nemen. Ik ga hem thuis in de tuin begraven en dan leg ik er een grote steen bovenop,' zegt Jack, en hij stopt de pop in zijn zak.

liefdesverhalen

De *Decamerone* is een boek van de Italiaanse schrijver Boccaccio. In 1348 was er in de Italiaanse stad Florence een pestepidemie. Mensen vielen achter elkaar dood neer door de 'zwarte dood', zoals de ziekte werd genoemd. Tien mensen verlieten de stad om te schuilen in een villa ergens buiten de stad, in de hoop dat ze daardoor de besmettelijke ziekte niet zouden krijgen. Omdat ze zich een beetje verveelden, vertelden ze elkaar verhalen. De meeste verhalen gingen over de liefde. Elke dag vertelden een van de zeven vrouwen en drie mannen een verhaal. Bij elkaar schreef Boccaccio wel honderd verhalen. Zelf ken ik er maar een. Mijn moeder heeft het een keer aan me voorgelezen toen ik ziek was. Ik weet niet of ik het helemaal goed heb onthouden, maar het ging ongeveer zo:

Federigo was een jongeman die in Florence woonde en die genoot van de hele dag niks doen. Hij gaf geld uit alsof het niets was en keek nooit naar zijn boekhouding. Dat was jammer, want als hij dat wel had gedaan, had hij gezien dat hij veel meer uitgaf dan hij verdiende. Op een dag was al zijn geld op en moest hij de stad verlaten. Zijn enige bezit was een piepklein huisje op het platteland en een valk. Soms verkocht hij wat spullen op straat, maar de meeste tijd bracht hij door met zijn vogel, de enige vriend die hij nog had.

In diezelfde tijd woonde er in Florence een steenrijke man die getrouwd was met een beeldschone vrouw. Ze hadden samen een zoontje en het leven lachte hun toe. Maar op een dag werd de steenrijke man vreselijk ziek. Vlak voor hij stierf liet hij zijn testament maken. Daarin stond dat al zijn geld en bezittingen naar zijn vrouw zouden gaan. En je moet weten dat het in de middeleeuwen, waarin zij leefden, heel normaal was om alles aan je oudste zoon na te laten of desnoods aan een verre neef, en niks aan je vrouw. Maar de steenrijke man hield zoveel van zijn vrouw dat hij zich niks aantrok van wat hoorde in die tijd.

Vanaf de dag dat hij stierf was zijn vrouw, Monna, de rijkste vrouw van Florence. Een van haar bezittingen was een prachtig landgoed op het platteland. En omdat het in de zomer snikheet kon zijn in Florence, verhuisde ze tijdelijk met haar zoon naar het platteland, vlak naast het huisje van de arme Federigo.

Vanaf de eerste dag dat Frederigo haar zag, was hij onder de indruk van haar schoonheid. Soms keek hij naar haar uit de verte, maar zij keek nooit terug.

Wie wel naar hem keek, dat was Monna's zoon. Hij hield ook van vogels, net als Federigo, en vaak zaten ze naast elkaar op het gras te kijken hoe de valk hoog boven hen in de lucht zweefde. De jongen was zo dol op de valk dat hij hem zelf wel wilde hebben, maar dat durfde hij natuurlijk niet te vragen.

Op een dag werd de jongen ziek. Niet een beetje ziek, maar heel erg dodelijk ziek. Zijn moeder vroeg hem of er iets was wat ze voor hem kon doen. Dat kon ze, zei haar zoon. Als hij de valk van Federigo zou krijgen, dan beloofde hij haar dat hij snel weer beter zou zijn.

Monna, die bang was dat haar zoon nooit meer beter zou worden, zag geen andere mogelijkheid dan op bezoek gaan bij Federigo. Ze had natuurlijk allang gezien dat hij soms verliefd naar haar keek, maar al die tijd had ze hem volledig genegeerd. Zij was immers steenrijk, en hij maar een arme sloeber met een vogel als enige vriend.

Hoe kan ik zo harteloos zijn, vroeg ze zich af, om hem die ene vriend ook nog af te nemen? Maar haar liefde voor haar zoon was zo groot dat ze de volgende ochtend toch naar haar buurman toe ging met maar één doel.

Federigo was bezig in zijn tuin toen hij hoorde dat Monna hem wilde spreken. Snel liep hij naar haar toe en zei haar wat een eer het was dat ze hem kwam bezoeken. 'Je bent al zoveel kwijtgeraakt in het leven,' zei Monna, 'dat ik graag iets voor je terugdoe. Ik heb besloten dat ik hier kom ontbijten.'

De schrik sloeg Federigo om zijn arme hart. Ontbijten, hoe kon hij haar ooit een mooie maaltijd voorzetten? Een bordje havermout, daar kon hij echt geen sier mee maken. 'Loop nog even een rondje door de tuin,' zei hij, 'dan dek ik binnen vast de tafel.'

'Ach, waarom is het leven zo hard voor mij geweest?' jammerde hij en hij vervloekte het lot dat hem weinig inzicht in boekhouden had gegeven en uiteindelijk alleen maar armoede had gebracht. Hij opende wat keukenkastjes, maar wist allang dat hij daarin niks zou vinden.

Plotseling viel zijn oog op de valk in zijn kooi. Hij aarzelde geen moment: hij haalde de vogel uit zijn kooi, draaide hem de nek om, plukte zijn veren en roosterde hem aan het spit.

Federigo dekte de tafel met wit linnen en porselein en haastte zich toen naar de tuin om Monna te vertellen dat het ontbijt klaar was.

Zonder te weten wat ze at, peuzelde Monna de vogel op. Na het ontbijt was het tijd om hem de reden van haar bezoek te vertellen. 'Het zal je verbazen,' zei Monna, 'als je hoort om welke reden ik hier ben. Maar als je zelf een zoon zou hebben, verzeker ik je, dan zou je het begrijpen. Ik ben hier omdat ik dat wil hebben wat jou het meest dierbaar is. Ik smeek je: geef mij je valk. Ik ben bang dat mijn zoon het zonder die vogel niet overleeft.'

Federigo barstte in snikken uit. Hoe graag had hij haar de vogel gegeven, maar hij had hem haar al gegeven – gebraden, in stukken gesneden en met een sausje erover.

Monna dacht dat hij huilde omdat hij zijn vogel niet wilde afstaan en wachtte geduldig tot hij wat zou gaan zeggen.

Uiteindelijk stopte Federigo met huilen en zei hij: 'Hoe kan het zijn dat het geluk mij zo in de steek laat? Alles wat het noodlot mij heeft gebracht valt in het niet bij de grap die nu met mij wordt uitgehaald. Dat u naar mijn eenvoudige huisje komt om mij een gunst te vragen, en dat het noodlot ervoor zorgt dat ik daaraan niet kan voldoen.' Hij huilde nu met lange uithalen en tussen zijn tranen door zei hij: 'Ik zal u vertellen hoe dat komt.' Hij vertelde haar hoe hij, vereerd met zulk hoog bezoek, op zoek ging naar het beste en toen zijn eigen vogel op een ontbijtbordje serveerde.

In eerste instantie werd Monna boos omdat hij zijn prachtige vogel zomaar had opgeofferd, maar al snel sloeg haar woede om in bewondering voor zijn reusachtige daad van liefde.

Toen haar zoon het nieuws hoorde, was hij helemaal

niet blij. Misschien was hij teleurgesteld of misschien gewoon heel erg ziek, maar een paar dagen later ging hij dood.

Lange tijd deed Monna niets anders dan huilen, maar toen op een dag haar tranen waren gedroogd, kwamen haar broers met haar praten. Ze was nog jong en mooi en heel erg rijk, zeiden de broers, dus vonden ze dat het tijd werd voor haar om opnieuw te trouwen. Het was toch niets voor een vrouw die zo mooi en zo jong en zo heel erg rijk was om de hele tijd maar in haar eentje in dat grote huis te zitten.

Monna vond het een belachelijk plan. 'Het liefst,' zei ze tegen haar broers, 'blijf ik mijn leven lang alleen, maar als jullie er echt op staan dat ik een nieuwe man zoek, dan zal ik nooit een ander trouwen dan Federigo van hiernaast.' Er was namelijk geen dag voorbijgegaan dat ze niet had gedacht aan hoe hij uit liefde zijn vogel voor haar had opgeofferd.

'Federigo van hiernaast?' zeiden de broers vol ongeloof. 'Raar mens, hoe kun je nu iemand kiezen die geen ene cent bezit?'

'Heel makkelijk,' zei Monna. 'Ik heb liever een man zonder geld, dan geld zonder man. En hij houdt van mij, dat weet ik zeker.'

Na een beetje morren gingen de broers uiteindelijk akkoord (in die tijd moest je in Italië toestemming van je broers hebben om te mogen trouwen) en lichtten ze de buurman in. Federigo, die altijd van haar was blijven houden, was gelukkiger dan gelukkig. Niet om het geld, maar gewoon om wie zij was. Niet lang daarna trouwden ze. Hij hield voortaan keurig zijn boekhouding bij en leefde met haar tot het einde van zijn dagen in volle verliefdheid. En dat was geheel wederzijds.

Izzy LOVE

19

'Zullen we een film kijken?' vraagt Isa, wanneer ze na het eten met Jules in de voorkamer op de bank zit. Haar moeder wil een dvd opzetten, maar heeft alleen *Bambi* kunnen vinden.

'Mam,' zegt Isa, 'die film is zelfs nog te kinderachtig voor Max.'

'Ik keek nog naar *Bambi* toen ik twintig was,' zegt haar moeder. 'De scène met dat brandende bos als Bambi zijn moeder kwijtraakt, daar kan ik nu nog tranen van in mijn ogen krijgen. Of die keer dat Bambi voor het eerst zijn vader ziet.'

'Sorry hoor,' zegt Isa, 'maar ik vind het een kleuterfilm.'

'Ik vind 'm ook wel mooi,' zegt Jules. Hij kijkt Isa's moeder verlegen aan.

'Nou, dan zet ik 'm gewoon aan,' zegt Isa's moeder.

Zodra ze de kamer uit is, vertelt hij Isa dat hij als kind altijd bang was dat zijn moeder op een dag dood zou gaan en dat hij dan, net als Bambi, op zoek zou moeten naar de vader die hij nooit heeft gekend.

'Is het gek om je vader voor het eerst te ontmoeten als je al zo oud bent?' vraagt Isa.

'Ja, een beetje wel,' zegt Jules. 'Ik ken hem nog maar een paar maanden. Al die jaren wist ik nauwelijks dat ik een vader had. Mijn moeder was al bij hem weg voor ik werd geboren en ze wilde niet dat ik hem zou zien. Maar nu ze weer contact hebben en ik hier elke week ben, is het net alsof hij er altijd is geweest.'

'Jack is heel leuk,' zegt Isa, 'dat scheelt natuurlijk.'

'Ja, hij is wel oké,' zegt Jules. 'Is het hier eigenlijk zo warm of ligt dat aan mij?'

'Dat ligt aan jou,' zegt Isa, die het zelf ook steeds warmer krijgt.

Jules doet zijn vest uit. Daaronder draagt hij een blauw jasje dat Isa heel erg bekend voorkomt.

'Hoe kom je aan dat jasje?' vraagt ze.

'Dat heeft mijn moeder voor me gekocht toen ze in Italië was,' zegt Jules. 'Het is cool, vind je niet?' Hij schudt het haar voor zijn ogen vandaan en kijkt haar aan.

Isa knikt.

Jules strijkt met zijn wijsvinger over haar wang alsof hij een onzichtbaar pluisje wegveegt.

Isa kijkt hem geschrokken aan. Wat doet hij? Waarom kijkt hij naar haar en niet naar *Bambi*? Ze wil iets zeggen, maar alle woorden zijn op. Alsof ze een zeldzame ziekte heeft waardoor je van het ene op het andere moment niet meer kunt praten.

Alsof het heel normaal is om aan haar gezicht te zitten, pakt hij nu een lok haar die voor haar oog hangt en steekt die achter haar oor.

In de achterkamer hoort Isa haar ouders en Jack lachen. Jack vertelt met zijn zware stem weer een of ander verzonnen verhaal en haar moeder lacht hard, met gekke hikjes tussen het lachen door. Waarschijnlijk zijn ze helemaal vergeten dat wij hier zitten, denkt Isa. Ze kijkt naar de televisie en ziet hoe Bambi moet rennen voor de vlammen. Het bos staat in brand en alle dieren vluchten voor hun leven. Isa zou zich graag bij hen aansluiten. Weg van hier.

Ze kijkt voorzichtig opzij en ziet dat Jules nog steeds naar haar kijkt.

'Spannende film, hè?' zegt ze. Gelukkig, ze kan weer praten.

'Weet je dat jij net zulke mooie ogen hebt als Bambi?' vraagt Jules.

Isa voelt haar gezicht zo rood worden als een tomaat. Ze kijkt naar het televisiescherm en ziet hoe Bambi's moeder door de vlammen wordt ingehaald. Ze schaamt zich omdat ze bij haar vader en moeder thuis op de bank zit met een jongen die een aanval van OPV heeft – Ontzettend Plotselinge Verliefdheid.

Bambi is radeloos en rent tussen de zwartgeblakerde bomen door op zoek naar iets. Naar een moeder die er niet meer is. Naar veiligheid. Wel honderd keer heeft Isa naar *Bambi* gekeken, maar nooit eerder heeft ze het radeloze hertje zo goed kunnen begrijpen als deze keer. Dat gevoel van de weg kwijt zijn en niet weten wat je moet doen.

'Kijk eens, jongens, hoe mooi de maan is!' hoort ze haar moeder vanuit de andere kamer zeggen.

De maan! Opeens snapt Isa waarom Jules zo doet. Het is alsof ze het ene getal heeft gevonden van een sudokupuzzel waardoor ze in een razend tempo alle andere getallen kan invullen. Die avond dat ze bij volle maan op een kruispunt moest staan en tot 113 moest tellen en daarna een kledingstuk aan moest doen van haar geliefde. Die avond kwam Jack langsrijden en gaf hij haar het blauwe jasje van Jules. En dat voodoopoppetje van deeg dat onder het bed van Tristan terecht had moeten komen, maar dat ze per ongeluk verloor in de kamer van Jules. Zelfs de sok met honing die ze onder haar matras moest leggen was een sok van Jules geweest. Elk voodooritueel dat ze heeft uitgevoerd om de liefde van Tristan terug te winnen, blijkt iets met Jules te maken te hebben. Zijn jas, zijn bed en zijn sok. En nu: zijn liefde.

Het is alsof ze al die tijd bezig is geweest om de verkeerde jongen voor zich te winnen. Is dit een voodoograp? De liefde van haar leven is voor altijd vertrokken naar een land ver weg, en zij zit hier naar *Bambi* te kijken met Jules.

'Zo Julius, heb je Isabella al ten huwelijk gevraagd?' vraagt Jack, die zonder dat Isa het heeft gemerkt de kamer in is gekomen.

'Jemig, Jack, doe niet zo stom,' zegt Jules.

'Vroeger werden kinderen van jullie leeftijd gewoon uitgehuwelijkt, dat weten jullie toch?' vraagt Jack.

'Ja, Jack, dat weten we,' zegt Isa, die wil dat hij zo snel mogelijk zijn mond houdt.

'Isa, ga je zo slapen?' vraagt haar moeder, die nu ook naar de voorkamer is gekomen.

'Hopelijk word je later net zo mooi als je moeder,' zegt Jack tegen Isa, en hij slaat zijn arm om Isa's moeder heen.

'Niet doen, je hebt te veel gedronken,' giechelt Isa's moeder.

'Ik heb helemáál niet te veel gedronken,' roept Jack hard. 'Ik heb de hele avond water gedronken. Mét bubbels, dat wel. Water met bubbelzzzzzz.'

Isa vindt het zielig voor Jules dat zijn vader zo raar doet.

'Kom,' zegt Isa's moeder, 'ik bel een taxi voor jullie.'

'We kunnen ook blijven zzzzzlapen,' zegt Jack, die nu zijn hoofd op de schouder van Isa's moeder legt.

'Naar huis, jullie,' zegt Isa's moeder, en ze geeft Jack een duw in de richting van de deur.

nieuws

Is vriendschap 4ever?

Op school had de meester een gedichtje op het bord geschreven met de tekst: *'Make new friends but keep the old. New friends are silver, but the old ones are gold.'* Daarna moesten we met de hele klas bedenken hoe je ervoor kunt zorgen dat je je vrienden nooit kwijtraakt. Dit hadden we bedacht:

1. Wees nooit te eerlijk
Zeg altijd eerlijk wat je vindt, maar wees niet te eerlijk. Heeft je beste vriend een nieuwe bril, modelletje 1971, zeg dan: 'Aparte bril.' Soms is het namelijk beter om een leugentje om bestwil te gebruiken dan om iemand te kwetsen. Heeft je beste vriendin kaartjes voor de Kabouter Plop-musical en vraagt ze of jij mee wilt? Bedank dan vriendelijk en zeg: 'Wat leuk dat jij dat zo leuk vindt.'

2. Klamp je niet vast aan één vriend of vriendin
Het is heel leuk om een hartsvriend of -vriendin te

hebben, maar bedenk dat je niet alles samen hoeft te doen. Jullie zijn geen Siamese tweeling. Wees ook niet jaloers als je beste vriend of vriendin een tijdje meer met anderen omgaat. Laat af en toe weten dat je er nog bent door een mailtje of een sms'je te sturen.

3. Lucht je hart
Ben je bang dat je vriend of vriendin opeens meer interesse heeft in andere vrienden dan in jou? Zeg het dan gewoon. Dat is moeilijk, maar het is beter om je hart te luchten dan om alleen op je kamer te gaan zitten mopperen. Zeg of mail: 'Weet je, misschien klinkt het stom, maar ik ben bang dat je Henkjanpietje leuker vindt dan mij.'

Izzy LOVE

20

Isa wordt wakker van de zon die dwars door haar gordijnen heen de hele kamer verlicht. Ze heeft een raar gevoel in haar buik. Voor het eerst deze week denkt ze niet als eerste aan Tristan. Ze denkt aan Jules, die ze per ongeluk verliefd op haar heeft laten worden. Arme Jules, denkt Isa. En arme ik, denkt ze, want hoe gaat ze hem nu uitleggen dat ze niet verliefd op hem is?

Terwijl ze haar tanden poetst, voelt ze dat gekke gevoel weer in haar binnenste. Elke keer als ze aan Jules denkt, gebeurt er iets raars in haar buik.

Ze haalt haar tandenborstel uit haar mond en lacht al haar tanden bloot. Door de schuimende witte tandpasta op haar tanden lijkt ze wel een filmster. Ze trekt haar nachtjapon over een schouder naar beneden en steekt met twee handen haar haren omhoog. Ze doet haar ogen een beetje dicht en knipoogt naar zichzelf in de spiegel.

'Hier is de koning van Takkevenië. Ik moet u helaas arresteren en in de boeien slaan,' zegt Max, die opeens achter haar staat.

'Max, laat me met rust,' zegt Isa, en ze spuugt de tandpasta uit.

'Ik heet geen Max meer. Vanaf nu ben ik de koning van Takkevenië en moet iedereen mij aanspreken met schonelijke hoogheid.'

'*Koninklijke* hoogheid,' zegt Isa.

'Precies, dat bedoel ik.' Max bindt razendsnel een touw om haar middel en trekt haar mee in de richting van de badkamerdeur.

'Max, blijf van me af,' sist Isa.

'Helaas,' zegt Max met een bekakte stem, 'dit zijn de regels in Takkevenië.'

'Als ik nu meespeel, laat je me dan de rest van de dag met rust?' vraagt Isa.

'Ik zal zien wat ik voor u kan doen,' zegt Max. Hij duwt haar naar de trap. 'U mag zelf naar beneden lopen.'

'Nou, dank u wel,' zegt Isa.

Beneden bindt Max haar met touw vast aan een van de eetkamerstoelen. Haar enkels zitten aan een van de stoelpoten vast, haar armen achter haar rug langs aan de leuning. Isa moet een beetje scheef hangen om niet met stoel en al om te vallen.

'Ik ben de beul van Takkevenië.' Max is op een omgekeerde blokkendoos voor haar gaan staan. 'Ik moet u helaas dood maken.'

Isa moet lachen om haar broertje. Vroeger speelden ze op zaterdagochtend altijd samen. Ze hielp hem kastelen te bouwen van matrassen en ze speelde koningin, arm bedelmeisje of gemene (vrouwelijke) struikrover, maar sinds Tristan in haar leven was, heeft ze niet één keer meer met haar kleine broertje gespeeld. Het is net alsof ze in twee verschillende werelden leven: hij in een mooie sprookjeswereld en zij in de boze buitenwereld. De gruwelijk harde sprookjeswereld, waar schone jonkvrouwen zomaar verlaten worden door hun Spaanse prinsen. En ze leefden nog kort en ongelukkig, denkt Isa.

'Kijk,' zegt Max, die zonder dat Isa het doorhad even de kamer uit is geweest. 'Ik heb nóg een krijgsgevangene.'

Voor Isa staat Jules. Hij heeft een sweater aan met een capuchon die over zijn voorhoofd hangt, maar Isa kan nog net zijn ogen zien. Die kijken haar lachend aan.

'Welkom in Takkevenië,' zegt Isa.

'Ik kwam Jacks autosleutels halen,' zegt Jules. 'Die had hij gisteravond laten liggen. Maar ik had geen rekening gehouden met de koning van Takkevenië.'

'Ga maar zitten,' zegt Max, die nog een stoel heeft neergezet, met de rugleuning tegen Isa's stoel aan.

'En dan ga je mij zeker ook vastbinden,' zegt Jules.

'Nee, ik ga je alleen onthoofden.'

'Koninklijke hoogheid, wilt u hem alstublieft niet onthoofden?' smeekt Isa haar broertje.

'Dat kost u dan drieduizend gouden dukaten,' zegt Max, die nu Jules stevig vastbindt op de stoel.

'Laat maar zitten dan,' zegt Isa, 'dat vind ik te veel geld.'

'Wat?' zegt Jules. 'Jij bent ook een jonkvrouw van niks, dat je me voor een paar dukaten al laat onthoofden.'

'Stilte,' zegt Max, die de polsen van Isa en Jules achter hun rug aan elkaar vastbindt.

'Max, kom je je aankleden?' roept Isa's moeder vanaf boven.

'Maak je ons wel eerst los?' vraagt Isa, maar Max is de kamer al uit gerend.

'Ik vind het wel grappig,' zegt Jules. 'Ik zou ook wel een jonger broertje willen.'

'Je mag die van mij wel hebben, hoor,' zegt Isa.

Jules en Isa zitten met hun ruggen tegen elkaar op twee stoelen. Het touw snijdt in Isa's polsen, maar als ze zich wil bewegen om het los te maken, voelt ze het touw om haar middel strak trekken. Plotseling pakt Jules met zijn rechterhand haar linkerhand vast.

'Dan voel ik het touw niet zo aan mijn pols,' zegt hij.

Isa glimlacht. 'Ik moet je wat vragen,' zegt ze.

'Over Takkevenië?' vraagt Jules.

'Nee,' zegt Isa. 'Niet over Takkevenië.'

test

Friendz 4ever?

Wil je weten of jij en je vrienden/vriendinnen friendz 4ever zijn? Doe dan even deze test. Onderzoekers die onderzoek doen naar vriendschap hebben ontdekt dat je in je leven twee soorten vrienden hebt. Vrienden die je een paar jaar hebt en vrienden voor altijd. Van de eerste soort kun je er een heeeeeeeleboel hebben, maar van die laatste heb je er maar een stuk of drie, vier. Als je dicht bij elkaar in de buurt woont, is de kans groot dat je vrienden blijft, maar volgens onderzoekers is de kans op vriendschap voor het leven nog groter als je heel veel op elkaar lijkt. Samen met mijn vriendinnen heb ik daarom een vriendschapstest gemaakt. Doe de test samen met je BFF en schrijf allebei je antwoorden op een blaadje. Kijk niet bij elkaar af. Vergelijk daarna je antwoorden. Schrijf op hoeveel antwoorden je precies hetzelfde had. Vermenigvuldig dat getal met 5. Zoveel procent kans heb je om altijd vrienden te blijven.

1. Patat of pasta?
2. Zingen onder de douche of meedoen aan *Idols?*
3. Griezelfilm of lachfilm?

4. Liever tien minuten te vroeg komen of tien minuten te laat?
5. Diepzeeduiken of parachutespringen?
6. Konijn of cavia?
7. Naar de film of naar een musical?
8. Vroeg opstaan of uitslapen?
9. Frisbee of beachvolleybal?
10. Achtbaan of spookhuis?
11. Uitgaan of chillen voor de tv?
12. Parijs of New York?
13. Shoppen of sporten?
14. Lente of herfst?
15. Goede cijfers halen op school of spijbelen?
16. Boomhut of zandkasteel?
17. Tent of vijfsterrenhotel?
18. Groen of rood?
19. YouTube of radio?
20. Drop of chocola?
21. Taco's met knakworst of ijs met kauwgomsmaak?

Izzy LOVE

21

'Word je een hangjongere?' vraagt Isa's vader wanneer ze na het eten zegt dat ze nog even naar het pleintje gaat.

'Nee, hoor. Ik ga gewoon een blowtje roken op het plein.'

'Isabella,' zegt haar moeder streng.

'Grapje, mam.'

'Als je het maar laat,' zegt haar moeder.

'Pas je wel op?' vraagt haar vader.

'Het is halfnegen,' zegt Isa.

'Ja,' zegt haar vader, 'maar het is wel al bijna donker.'

'Oei,' zegt Isa, 'en we wonen in zo'n spooky buurt... Brrr, ik ben nu al bang.'

'Neem je wel je telefoon mee?' vraagt haar moeder.

'Mam, ik ga naar het eind van de straat. Daar ga ik een uurtje met Jules op een bankje zitten en cola drinken, er kan echt niks gebeuren.'

'Als jullie maar niet gaan zoenen,' zegt haar vader.

'Pap,' zegt Isa, en ze kijkt hem streng aan, 'we zijn gewoon vrienden.'

'Ja, dat bedoel ik. Jongens zijn niet te vertrouwen. Ik zoende vroeger alle meisjes.'

'Is dat zo?' vraagt Isa's moeder.

‘Nou ja,’ antwoordt hij sputterend, ‘niet alle meisjes natuurlijk, maar wel veel.’

‘Sorry hoor,’ zegt Isa, ‘maar ik geloof niet dat ik dit wil horen.’

‘Mannen doen altijd heel stoer over de meisjes die ze vroeger zoenden,’ zegt Isa’s moeder, ‘maar ik weet dat de meeste jongens doodsbang waren als ze bij mij in de buurt waren.’

‘Misschien zag je er wel heel eng uit,’ zegt Isa’s vader.

‘Ik zag er juist heel leuk uit. En dat was precies de reden waarom die jongens zo zenuwachtig werden. Mijn vriendinnen en ik hebben ons vroeger dood gelachen om jongens en hun stoere verhalen.’

‘Isa,’ zegt haar vader. Hij kijkt serieus.

Isa kijkt haar vader vragend aan, benieuwd met wat voor vaderlijk advies hij nu gaat komen.

‘Zul je dat nooit doen?’ zegt hij.

‘Jongens zoenen?’ vraagt Isa.

‘Jongens úítlachen,’ zegt hij. ‘Als er één ding is dat jongens erg vinden, dan is het wel uitgelachen worden of belachelijk gemaakt worden. Meisjes denken altijd maar dat jongens veel stoerder zijn dan zij, maar geloof mij maar dat jongens meisjes soms doodeng vinden.’

‘Zie je wel,’ zegt Isa’s moeder, ‘nu geef je het zelf toe.’

Isa heeft genoeg van het geklets van haar ouders. Straks moet ze nog naar verhalen luisteren over de tijd dat ze geen internet hadden en geen mobiele telefoons en dat er nog geen H&M was en ze al hun kleren op de rommelmarkt kochten en dat iedereen zijn haar verfde met henna en bladiebladiebla.

'Ik moet gaan, Jules zit op me te wachten,' zegt Isa.
'Veel plezier, lieverd,' zegt haar moeder.

Isa trekt de deur achter zich dicht en loopt de straat uit. Het is warmer dan ze had verwacht. Warmer ook dan een paar weken geleden toen ze 's avonds laat buiten was om in het maanlicht Tristan voor zich terug te winnen. Gek hoe dat nu alweer zo lang geleden lijkt. Als ze toen had geweten dat zijn gekke gedrag alleen maar kwam doordat hij ging verhuizen, dan was ze nooit met die rare voodoo in de weer gegaan. Al die verspilde moeite die ze gestopt heeft in kaarsen branden, spreuken zeggen en op en neer springen in het maanlicht... Dat heeft allemaal nergens toe geleid. Hoewel het er per ongeluk wel toe heeft geleid dat Jules haar leuk is gaan vinden.

In de verte ziet Isa hem al zitten, haar nieuwe beste vriend. Hij zit met zijn rug naar haar toe en ze blijft even staan om van een afstandje naar hem te kijken. Hij heeft zijn blauwe jasje aan en zijn lange haar wappert een beetje heen en weer. Isa is trots dat ze behalve twee superfijne vriendinnen nu ook een geweldige vriend heeft.

'Hoi,' zegt Isa, en ze gaat naast hem op de bank zitten.
'Hé, Isapisa,' zegt hij.
'Heb je vandaag nog iets leuks gedaan?' vraagt Isa.
'Behalve mezelf laten vastbinden door de koning van Takkevenië?'
'Dat was natuurlijk wel het leukste van de dag.'
'Hoe gaat het met de koning van Takkevenië?'

'O, die ligt al in bed.'

'Ik heb nog steeds pijn in mijn polsen,' zegt Jules.

'Wil je cola?' vraagt Isa.

'Ja lekker. Wacht, dan pak ik even de fles rum erbij.'

'Dat meen je niet,' zegt Isa.

'Grapje. Maar ik heb wel een kilo Maltesers bij me.'

'Zullen we doen wie de meeste Maltesers in zijn mond kan houden?' stelt Isa voor.

'Oké, maar dan moet je wel tellen hoeveel je er in je mond doet.'

Bij de twintigste Malteser zijn Isa's wangen zo bol als die van een hamster. Ze kijkt naar Jules, die net een Malteser in zijn mond stopt.

Isa moet lachen. Ze moet haar best doen om haar mond dicht te houden.

Jules kijkt haar aan met bolle wangen vol snoep.

Isa kan haar lachen niet meer inhouden en schiet zo hard in de lach, dat de Maltesers uit haar mond schieten.

'Je mot ze wel bonnen hodden, onders tolt hot not,' zegt Jules.

Nu spuugt Isa alle chocola uit omdat ze anders stikt in de Maltesers.

'Gewonnen,' zegt Jules. Hij spuugt ze nu ook uit.

'Zullen we hetzelfde doen met wie de meeste cola in zijn mond kan houden?' vraagt Isa.

'Weet je wat ook leuk is? Je mond vol cola en er dan een Mentos bij doen.'

'Dan explodeert het toch?' vraagt Isa.

Jules knikt. 'Ik heb het wel eens op YouTube gezien,' zegt hij. 'Als je Mentos in een fles cola stopt, dan spuit die cola wel een meter de lucht in.'

Isa neemt een slokje cola. Ze glimlacht. Ze heeft in lange tijd niet zoveel plezier gehad met een jongen.

Het pleintje ziet er sprookjesachtig uit in het licht van de lantaarns. Jules vertelt over zijn 'andere leven', zoals hij het noemt. Over zijn moeder, met wie hij als kind een jaar door Europa heeft gereisd. Als een soort zigeuners liftten ze van stad naar stad. Zijn moeder zong en speelde gitaar op straat, en van het geld dat ze daarmee ophaalden konden ze eten kopen. Vaak sliepen ze in jeugdherbergen. Soms kreeg zijn moeder een baantje in een café en bleven ze ergens een paar weken. Jules was toen een jaar of acht. Hij herinnert zich niet alles meer en ook toen wist hij nooit precies in welk land ze waren. Op een nacht, toen ze een tijdje in een caravan bij een Franse boer woonden, was zijn moeder niet thuisgekomen. Jules had de hele nacht voor de caravan op haar zitten wachten. Toen ze 's ochtends thuiskwam had ze zonder iets te zeggen hun spullen ingepakt en waren ze met de trein naar huis gegaan.

'Hoefde je dan niet naar school?' vraagt Isa.

'Nee,' zegt Jules. 'Nou ja, ik moest wel naar school, maar mijn moeder zei dat ik meer leerde van de wereld zien dan van in een schoolbank zitten. Maar toen we terug waren, moest mijn moeder elke week op school komen omdat ze boos waren dat ze me zomaar van school had gehaald.'

Isa kijkt naar Jules. Hij was net zo oud als haar broertje nu, toen hij over de wereld zwierf. Hoewel hij het vertelt als een spannend avontuur, heeft ze opeens heel veel medelijden met hem. Een hele nacht buiten zitten wachten tot je moeder thuiskomt, dat lijkt haar helemaal niet avontuurlijk.

'Op school vond iedereen het heel stoer dat ik een jaar weg was geweest,' zegt Jules, 'maar ik moest wel heel hard werken om alles weer in te halen. Ik ben dat jaar blijven zitten. Toen was ik in een keer al mijn vrienden kwijt. Ik zat opeens bij allemaal van die baby's in de klas.'

'En nu?' vraagt Isa, die nog steeds haar hand op zijn arm heeft.

'Nu zit ik wel op een leuke school. Mijn moeder wil over een paar jaar, als ik oud genoeg ben om van school weg te blijven, weer gaan reizen, maar ik wil per se mijn school afmaken.'

'Weet je al wat je later wilt worden?' vraagt Isa.

Jules lacht. 'Dat vraagt Jack ook altijd,' zegt hij. 'Jack zegt dat je al vroeg moet nadenken over wat je met de rest van je leven wilt doen. Mijn moeder zegt dat je nooit over later moet nadenken en altijd moet doen wat je nu leuk vindt.'

'En?' vraagt Isa.

'Ik weet het niet,' zegt Jules. 'Vroeger wilde ik maar twee dingen: een bekende voetballer worden of heel erg rijk worden. Maar nu wil ik eigenlijk alleen maar gelukkig worden.'

'Ben je dan niet al gelukkig?' vraagt Isa.

Jules is heel lang stil. Dan zegt hij: 'Nu ben ik wel gelukkig, maar dat ben ik niet altijd. Op school weet niemand iets van mijn leven hier, met jou en Jack. En jullie weten niets van mijn leven thuis, met mijn moeder en mijn vrienden daar.'

Isa kijkt naar de maan. Ze ziet er opeens heel duidelijk een gezicht in. Twee ogen en een lachende mond. Isa neemt zich voor om dit moment altijd te onthouden. Hier zitten met Jules in het maanlicht voelt goed. Voor het eerst in haar leven heeft ze een jongen als vriend. Een echte vriend, met wie ze over belangrijke dingen kan praten.

'Komen jullie zo binnen?' hoort Isa opeens de stem van haar vader in de verte. 'Jules moet naar huis.'

'We komen zo,' roept Isa.

Als het zou kunnen zou Isa hier nog uren willen zitten, samen met Jules.

'Ik wilde je nog wat vragen,' zegt Isa.

'Vraag maar,' zegt hij.

'Waarom heb je mij een Pritt-stift gegeven?'

Jules kijkt haar met een grote glimlach aan. 'Had je liever iets anders gehad dan?'

Isa schudt haar hoofd.

'Heb je 'm al gebruikt?'

Weer schudt Isa haar hoofd.

'Je moet de dop er maar af halen,' zegt hij.

'En dan kan ik alles aan elkaar gaan lijmen?' vraagt Isa.

'Nee,' zegt Jules, 'want de dop is er heel lang af geweest, dus de lijm is waarschijnlijk helemaal hard geworden.'

'Wat een goed cadeau,' zegt Isa, 'een oude, uitgedroogde Pritt-stift, dat is precies wat ik altijd al wilde hebben.'

'Haal die dop er nou maar af,' zegt Jules, 'dan zul je het wel zien.'

'Ah toe, vertel nou,' zegt Isa, en ze kijkt hem smekend aan.

'Nee,' zegt Jules, 'die lijm heb ik gegeven omdat je vriendinnen mij hadden gevraagd om je op te vrolijken. Volgens hen had je een gebroken hart en had je iets of iemand nodig om je op te vrolijken.'

'O,' zegt Isa, 'dus die Pritt is om mijn gebroken hart te lijmen?'

'Zoiets, maar dan anders,' zegt Jules.

'Dan ga ik nu kijken,' zegt Isa, en ze staat op.

'Kijk maar als ik al naar huis ben,' zegt hij. Samen lopen ze terug.

In haar kamer haalt Isa de dop van de Pritt-stift. Gek eigenlijk dat ze daar niet eerder aan heeft gedacht. Maar ze vond het zo'n gek cadeau, dat ze niet goed wist wat ze ermee moest doen.

In de witte lijm, die inderdaad is opgedroogd, zit een kleine zilverkleurige cirkel. Net zo rond als de maan. En in die cirkel is met zwarte stift een smiley getekend. Isa houdt de Prittstift wat dichter bij haar gezicht en ziet dan dat het cirkeltje een ring is. Met haar nagels probeert ze de ring uit de lijm te halen, maar die is zo hard geworden dat ze een schaar moet gebruiken. Voorzichtig peutert ze het zilveren ringetje los en veegt ze met haar vinger de lijmresten eraf.

Ze schuift de ring aan haar vinger. Hij past precies. Wat een gek cadeau, denkt ze. Ze doet de ring af en kijkt er nog eens goed naar. Dan ziet ze aan de binnenkant wat letters staan.

Ze houdt de ring onder haar bureaulamp en leest: VRIENDSCHAP 4EVER.

Isa gaat op haar balkon staan en kijkt nog een keer naar de maan. De maan die zo belangrijk was voor haar voodoorituelen. De maan die vandaag een lachend gezicht is.

whatever

Tips om meer tijd samen door te brengen

Het maakt niet uit of je smoorverliefd bent op een jongen of een meisje en zoveel mogelijk in zijn of haar omgeving wilt doorbrengen, of dat je helemaal niet verliefd bent en gewoon zoveel mogelijk leuke dingen wilt doen met je BFF of met kinderen in je klas met wie je beter bevriend zou willen zijn. Hoe meer tijd je samen doorbrengt, hoe groter de kans namelijk is dat je elkaar heel leuk gaat vinden. Hier zijn wat tips die je kunt gebruiken.

Begin een band!

Deze tip kreeg ik van iemand die altijd mijn blog leest. Ik vind het een supergoeie tip. Als je een jongen of een meisje leuk vindt (gewoon als vriend/vriendin of omdat je verliefd op hem of haar bent) en je wilt meer tijd met hem of haar doorbrengen, dan vraag je of diegene zin heeft om een band te beginnen. Handig is als een van jullie goed kan zingen of een instrument kan bespelen, maar als jullie allebei niks van muziek weten, kun je altijd nog een playbackband beginnen of tamboerijn spelen. Het voordeel van samen in een band zitten is dat je elke week moet oefenen, en je kunt elkaar ook nog elke dag mailen om liedjesteksten te sturen of linkjes naar YouTube.

Doe iets griezeligs samen

Mensen die samen iets engs meemaken of doen, vinden elkaar na afloop aardiger dan normaal. Samen spannende dingen doen is dus goed voor vriendschap en voor de liefde. Zelf ben ik begonnen met voodoo. Dat klinkt enger dan het is. Het is een soort magie waarbij je heel hard denkt aan iets waarvan je wilt dat het gebeurt of juist niet gebeurt. Het idee erachter is dat als je iets heel erg graag wilt, je al je gedachten daarop moet richten. Het betekent helaas niet dat het altijd werkt, hoewel er voodoopriesters zijn die beweren dat ze mensen ziek of beter kunnen maken (maar dat geloof ik helemaal niet en het is volgens mij ook echt niet waar!!). Het leuke aan voodoo is wel dat het heel spannend is. Je moet een altaartje maken (een tafel met een kleedje erop is al voldoende), kaarsen branden (wel oppassen dat de boel niet in brand vliegt) en spreuken bedenken. Je kunt zelf een voodooritueel bedenken dat je met een groepje vrienden moet doen. In een kring op de grond zitten, naar een kaarsvlam staren, een wens doen en dan elkaars wens raden bijvoorbeeld. Of afspreken om 's avonds als het net donker is ergens bij volle maan bij elkaar te komen, allemaal je wens op een stuk papier te schrijven en die te begraven. Het leuke is dat het altijd een beetje griezelig is en dat zowel jongens als meisjes van griezelen houden (tenzij je een b-b-bangerd bent natuurlijk).

Organiseer een slaapfeest

Een slaapfeest is de ideale aanleiding om jongens en meisjes uit te nodigen met wie je beter bevriend wilt worden. Maar het is ook ideaal om zwijmel-zwijmel de hele nacht naar je slapende liefje te kijken. En het is perfect om samen met je BFF zo lang mogelijk op te blijven zonder dat je ouders er iets van zeggen. (Ouders snappen namelijk ook wel dat er één ding is dat je zo min mogelijk doet op een slaapfeestje en dat is slapen.)
Dingen om te doen op een slaapfeest:

1. Alle matrassen tegen elkaar aan leggen zodat je samen op een reuzenbed slaapt.
2. Midden in de nacht als iedereen slaapt samen met een vriend of vriendin met een stift een zonnetje op alle

voorhoofden tekenen. (Leuk voor als iedereen 's ochtends in de spiegel kijkt – en vergeet niet om ook een zonnetje op elkaars voorhoofd te tekenen, en doe 's ochtends zo verbaasd mogelijk als je in de spiegel kijkt: Huh? Hoe komt dat zonnetje daar nou???)

3. Afspreken dat je zodra het licht uit is alleen nog maar mag fluisteren of met een gek accent mag praten, en dan zonder te lachen natuurlijk.
4. Een gaapwedstrijd houden. Begin met nep-gapen en kijk wie dat het langste kan volhouden zonder echt te gapen.
5. Zorg dat het helemaal donker is in de kamer en houd een verhalenwedstrijd. Om de beurt moet iemand een spannend verhaal vertellen dat echt gebeurd is of verzonnen. Gebruik een eierwekker om te voorkomen dat een van je logees een uur lang blijft kletsen. Als de tijd van de verhalenverteller om is (na 10 minuten bijvoorbeeld) moeten de anderen raden of het verhaal echt gebeurd is of verzonnen.
6. Houd in plaats van een kussengevecht een knuffelgevecht. Vraag iedereen om een paar knuffelbeesten mee te nemen en bekogel elkaar met speelgoedberen en -olifanten.

Izzy LOVE

22

Isa, Cato en Sofie zitten op een terras in de zon. Het terras hoort bij een huisje waar vroeger de parkwachter woonde, maar dat een paar maanden geleden een café is geworden.

'Weet je dat de parkwachter vermoord is?' vraagt Sofie.

'Dat meen je niet,' zegt Cato geschrokken.

'Echt waar. Hij lag boven te slapen en midden in de nacht hoorde hij inbrekers. Toen is hij naar beneden gegaan en hebben ze hem met een zaklantaarn op zijn hoofd geslagen. Morsdood.'

'Gatver,' zegt Isa. 'Maar wie wil er nou ook in z'n eentje in zo'n park wonen? Doodeng lijkt me dat.'

'Zo, dames, wat mag het zijn?' vraagt de kelner die aan hun tafel is komen staan. Het is een lange, dunne man met een wit gezicht dat scherp afsteekt tegen zijn zwarte oberspak.

'Dat is de geest van de vermoorde parkwachter,' fluistert Sofie.

'Ssst,' zegt Isa, 'straks hoort hij je nog.'

'Weten jullie het al?' vraagt de man, die met een knokige witte vinger naar de menukaart wijst.

'Ja,' zegt Cato, zonder de menukaart open te slaan. 'Wij willen graag nummer 6, 16 en 26.'

De ober schrijft de nummers op in zijn opschrijfboekje en loopt weg, zijn voeten knarsend op het grint.

'Wat heb je nou besteld?' vraagt Isa.

'Ik heb geen flauw idee,' zegt Cato.

'Straks krijgen we gebakken bloedworst met jenever,' zegt Isa, en ze kijkt er heel vies bij.

'Het leek me leuk om zomaar wat te bestellen.'

'Hé,' zegt Isa, en ze steekt haar hand triomfantelijk uit boven de tafel. 'Wat vinden jullie van mijn nieuwe ring?'

'Aaiiit,' zegt Sofie.

'Hoe kom je daaraan?' Cato bekijkt Isa's hand nu van dichtbij.

'Van Jules gekregen!'

'Waaaat?' roept Sofie. 'Je gaat me toch niet vertellen dat je nu alweer een nieuw vriendje hebt, hè?'

'Nee.' Isa haalt de ring van haar vinger om de tekst aan de binnenkant te laten zien. 'Jules en ik zijn vrienden. Ik bedoel, we wáren al vrienden, maar nu zijn we beste vrienden.'

'En wij dan?' vraagt Cato.

'Jullie zijn mijn beste vriendinnen, hij mijn beste vriend.'

'Cool,' zegt Sofie. 'Ik zou ook wel een beste vriend willen hebben. Gewoon bevriend zijn met een jongen zonder dat je verliefd op elkaar bent.'

'Dus je bent niet verliefd?' vraagt Cato.

'Nee.' Isa schudt kort haar hoofd heen en weer.

'Maar hij wel op jou,' zegt Cato.

'Hoezo?' vraagt Isa.

'Hallo, mevrouw Strombolov, ik ben niet blind, hoor. Ik zag

hoe hij naar je keek die middag dat we hem bij Ikea tegenkwamen. En ook toen we hem vroegen om met jou een blind date te hebben, hoefden we hem niet echt te dwingen. Volgens mij vond hij het maar wat leuk om met jou uit te gaan.'

'Waarschijnlijk heeft hij jullie expres laten opsluiten daar op dat dak van dat kantoorgebouw,' zegt Sofie. 'Kon hij lekker smoetsjie smoetsjie.'

'Smoetsjie, smoetsjie?'

'Ja, je weet wel, lekker zoenen en zo,' zegt ze met een Surinaams accent.

'Ik kan jullie vertellen dat er echt geen smoetsjie smoetsjie was daar op het dak. Het was best eng eigenlijk.'

'Over eng gesproken,' zegt Cato, 'daar komt ons spook aan, met een dienblad vol gefrituurde kikkerbillen, jammie.'

'Zo,' zegt de ober, 'wie van jullie had een croissant?'

'Ik,' zegt Isa, zo snel als ze kan.

'En wie de appeltaart met slagroom?'

'Ik,' roepen Cato en Sofie tegelijk, want ze hebben wel gezien wat het derde gerecht is.

'Geeft u maar aan mij,' zegt Sofie, die haar arm voor Cato houdt.

'Jammie,' zegt Cato, wanneer de ober een bord dampende spaghetti Bolognese voor haar neerzet.

Isa kan haar lachen bijna niet houden. Pas wanneer de ober weg is, barst ze in lachen uit. 'Lekker, zo'n bordje spaghetti.'

'Maar vertel nou even over Jules,' zegt Cato, met een paar slierten spaghetti uit haar mond.

'Hij is echt leuk.' Isa voelt dat ze moet blozen. 'Hij is gewoon anders dan andere jongens. Veel makkelijker om mee te praten. Hij luistert naar wat ik zeg zonder er flauwe grapjes over te maken, en ik kan ook nog heel erg met hem lachen.'

'Maar niet zoveel als met ons, toch?' vraagt Sofie.

'Nee, gekkie. Met jullie kan ik echt de slappe lach hebben, dat heb ik met een jongen nog nooit meegemaakt.'

'En als hij nou, zoals Cato zegt, wel verliefd op jou is?' vraagt Sofie.

'Dat weet ik niet,' zegt Isa. 'Misschien is het ook niet echt mogelijk om bevriend te zijn met een jongen zonder dat je ergens een heel klein ieniemieniebeetje verliefd op elkaar bent.'

'Zou er iemand verliefd zijn op onze kelner?' vraagt Sofie.

'Dat kan ik me niet voorstellen,' zegt Cato, die nog maar de helft van haar spaghetti op heeft. 'Ik zit vol,' zegt ze, en ze schuift het bord naar het midden van de tafel. 'Jullie nog een hapje?'

'Kijk,' zegt Isa, wanneer ze een tijdje later door het park lopen, 'daar staat onze vriendschapsboom.'

Afgelopen zomer hebben Isa en Cato onder die boom een steen begraven met daarop hun namen. Ze hebben afgesproken om de steen pas op te graven als ze achttien zijn.

'Zullen we ook een steen begraven met Sofies naam erop?' vraagt Cato.

'Of jullie kunnen mij begraven en me dan opgraven als jullie achttien zijn,' zegt Sofie lachend.

'Sofie, doe niet zo eng,' zegt Isa.

'Ik heb een steen,' zegt Cato. 'Heeft een van jullie een stift bij zich?'

Omdat geen van hen drieën een stift heeft, vragen ze elke voorbijganger ernaar. Een man die zijn hond uitlaat, twee vrouwen met nordic-walkingstokken en twee jongens die hand in hand langslopen kunnen hen ook niet helpen.

'Kijk,' roept Isa, 'daar zijn David en Felix!' De tweeling komt op hun skateboards aangereden. Hoewel de twee jongens uit hun klas een tweeling zijn, lijken ze in bijna niets op elkaar. David is een lange, magere jongen met donker haar die dol is op lezen, en zijn broer Felix is klein en blond en altijd op het voetbalveld te vinden.

'Hoi,' zegt Felix, wanneer hij voorbij raast op zijn skateboard.

'Wacht even,' roept Isa, 'heb jij een viltstift bij je?'

Felix leunt naar links en draait terug naar de meisjes. David, die vooral naar de grond kijkt, botst bijna tegen hem op.

'Natuurlijk heb ik een viltstift bij me,' zegt Felix. Hij springt op de grond en vangt met een hand zijn board op. 'Als je mijn rugzak even openmaakt, dan kun je er zo een pakken,' zegt hij, met zijn rug naar Isa.

Isa ritst de rugzak open en ziet wel tien viltstiften in felle kleuren. 'Waarom heb je die bij je?' vraagt ze.

'Hij gaat *tags* tekenen,' zegt David, die al een tijdje zwijgend naast hen staat.

'Niet doorvertellen hoor,' zegt Felix, en hij kijkt ondeugend naar Isa en haar vriendinnen. 'Maar wat ga jij eigenlijk doen met die viltstift?' vraagt hij aan Isa.

'Kijk maar,' zegt Isa, en ze schrijft de eerste letters van hun namen op een steen: *CSI*.

'Cato, Sofie, Isa,' zegt David.

'Heel goed,' zegt Sofie.

'Zullen we een wedstrijdje doen?' vraagt Felix aan zijn broer. 'Wie het laatst bij de speeltuin is, is een *sissy*.'

Felix rijdt weg zo hard als hij kan, David zwaait nog even naar de meisjes en racet er dan achteraan.

'Zie je wel dat je gewoon met jongens kunt omgaan zonder dat je verliefd hoeft te worden?' zegt Isa, terwijl ze de steen met hun letters en de datum eronder in de grond stopt.

'Nou ja,' zegt Sofie, 'het is niet zo moeilijk om niet verliefd op hen te worden. De een is een dwerg met ADHD, de ander een nerd.'

'Ik vind ze best leuk,' zegt Cato.

'Weet je wat we moeten afspreken?' vraagt Sofie. 'Dat we elkaar altijd leuker en belangrijker blijven vinden dan welke jongen ook.'

'Afgesproken,' zegt Isa, en ze geeft haar vriendin een arm.

'Beloofd,' zegt Cato, die haar arm door Isa's andere arm steekt.

Met z'n drietjes lopen ze daarna stevig gearmd door het park naar huis. 'Zullen we de catwalk doen?' vraagt Cato.

Isa en Sofie schudden allebei met hun hoofd, hun haren wapperend als in een shampoo-reclame. Alle drie zwaaien ze met hun heupen heen en weer alsof ze de laatste zomercollectie op de catwalk in Parijs tonen. Een jongen die langs hen fietst glimlacht naar hen. '*Looking goooooood*!' roept hij.

Isa lacht en kijkt naar de vriendschapsring, die glimt in het zonlicht. Ze zet haar handen op haar heupen terwijl ze met haar vriendinnen heupwiegend verder loopt. Vandaag is een SDD, vindt ze, een Super Duper Dag. Nee, denkt ze, het is een SDL, een Super Duper Leven.

whatever

Waar ik van hou:

thee drinken & Oreo's eten & mijn mobiel open en dicht klappen & foto's maken van mijn broertje als hij net wakker is & gruwelijk enge films kijken & nutteloze dingen doen zoals een toren bouwen van dominosteentjes & net zo lang in bad zitten tot mijn vingers op roze rozijnen lijken & met Sofie de slappe lach hebben & op MTV naar *Made* kijken en me verbazen over meisjes van 300 kilo die in een paar weken tijd Miss America willen worden & op de bank liggen terwijl mijn moeder mijn voeten masseert & me door Jules laten ronddragen op zijn rug & heel hard kerstliedjes zingen in de zomer & niks doen & lol hebben met Cato & de komende jaren proberen mijn ouders over te halen om een *sweet sixteen party* voor me te organiseren & computeren & Cato's agenda vol kladderen & mysterieuze briefjes zonder afzender op de locker van Sofie plakken & iedereen foto's laten zien van mijn broertje die net wakker wordt terwijl niemand dat interessant vindt & op YouTube Japanse karaokefilmpjes bekijken en proberen ze in het Japans mee te zingen & mijn vader een *big hug* geven & tosti's maken met veel te veel kaas waardoor de kaas uit het tosti-ijzer loopt & geen zin hebben in huiswerk & wel zin hebben in shoppen & shoppen & shoppen & naar de vogels in de lucht kijken & over boys praten & gekke verliefde kriebels in mijn buik hebben & gamen met Jules & blij zijn met het leven dat ik heb & voodooboeken lezen & op mijn bed liggen en verdrietig zijn (hoewel ik daar niet echt van hou natuurlijk) & heel soms aan Tristan Groen denken en hem dan vreselijk missen & heel erg blij zijn met Jules.

Maar nog veel meer hou ik van:
taco's zonder knakworst eten met Cato en Sofie & heel erg misselijk worden van te veel gummibeertjes eten met Cato en Sofie & chatten met Cato en Sofie terwijl we eigenlijk huiswerk moeten maken & melige foto's maken van en met Cato & urenlang bellen met Sofie & beautyweekendjes houden met Cato en Sofie & heel grote kauwgombellen blazen met Sofie & shoppen met Cato & nutteloze dingen doen met Cato & blij zijn dat ik de leukste, liefste, grappigste, aardigste, meligste en coolste vriendinnen heb van het hele Melkwegstelsel.

Izzy
LOVE

Izzylove ♡ (2045) reageer
vandaag, 12:20 verwijder

K-tootje: GOED NIEUWS: Ik mag oorbellen van mijn papsie en mamsie!!!! Ze zeiden het vanochtend zomaar aan het ontbijt. Ik denk dat het wel geholpen heeft dat ik als ik thuis ben altijd heel lelijke rood plastic klemoorbellen in heb. Die vonden ze zooooo lelijk, dat ik nu echte oorbellen mag, joepiedoepie.

VERNEDEREND NIEUWS: Mijn broertje is verliefd op een meisje in zijn klas. Heeft hij tijdens de gymles in de kleedkamer een briefje in haar schoen gedaan en daarop geschreven 'Ik ben op jou.' Heeft hij het per ongeluk in de schoen van de juf gedaan!!!!!!! Nu denkt de juf (en zijn hele klas) dat hij verliefd is op de juf. Hoe vernederend is dat?!!!!

GEWOON NIEUWS: Mijn vader snapt helemaal niks van computers. Maakte hij me vanochtend wakker omdat de computer het niet deed. Moest ik hem vertellen dat er een resetknop op zo'n ding zit. DUH, DUBBEL-DUH!!!! ☺

SCHOKKEND NIEUWS: Max heeft mijn moeder opgegeven voor dat programma *Jouw vrouw, mijn vrouw* waarbij twee moeders twee weken van huis en gezin ruilen. Mijn mamsie kreeg gisteren een mevrouw van de omroep aan de telefoon die vroeg of ze wilde meedoen. Mijn moeder helemaal in shock, mijn vader dubbel van het lachen onder de tafel. Max had op televisie gezien dat iemand een andere moeder in huis kreeg waarvan die kinderen elke dag voor de tv mochten eten. Dat wilde hij ook, woehahaha.

LAATSTE NIEUWS: Mijn moeder gaat dus niet meedoen aan dat programma, maar ze heeft Max nu al beloofd dat ze hem later gaat opgeven voor het programma puberruil. LOL.

BELANGRIJK NIEUWS: Jules draagt dezelfde vriendschapsring als ik.

GEEN NIEUWS: Ik heb niks meer van Tristan gehoord en ik heb besloten dat ik hem nu officieel ben vergeten!

OUD NIEUWS: Ik ben toch zoooooo blij dat jij mijn vriendin bent!

ILOVEYOUVERYMUCHHHHHHH!!!!!

Izzylove you!

Bronnen

Dr. Snake, *Doktor Snake's Voodoo Spellbook* (2000), Eddison Sadd.

Laënnec Hurbon, *Voodoo, Truth and Fantasy* (1995), Thames Hudson.

Milner, E. R., *The Lives and Times of Bonnie and Clyde* (1996), Southern Illinois University Press.

Esther Lombardi, *Abelard and Heloïse – The Love Affair* (2009), http://classiclit.about.com/

Giovanni Boccaccio, *Decamerone* (2003), Athenaeum-Polak & Van Gennep.

www.egyptologyonline.com/hatshepsut.htm

Lees ook deel 1: *Is liefde besmettelijk?*

ISBN 978 90 488 1955 3

Bekroond met de Hotze de Roosprijs 2009 en de Debuutprijs van de Jonge Jury 2010

Deel 3 en 4 krijgen ook een nieuwe look! *Hoe lang zijn geheimen houdbaar?* en *Hoe word ik een koppelaar?* verschijnen in juni 2014.

ISBN 978 90 488 2055 9
(deel 3)

ISBN 978 90 488 2054 2
(deel 4)